AF285609

www.storycenter.de

Gisela Krämer

Von Manchmal-Engeln und anderen Wundern

Zwölf Geschichten und Metaphern

Für Große und nicht mehr Kleine

Herstellung und Verlag:
BoD – Books on Demand, Norderstedt

ISBN 9783756223558

Coverbild: © TsuneoMP, Stockfoto | Shutterstock, „Angel"

Für Peter und die vielen glücklichen Tage.

Und allen Menschen, die mich eine kleine Weile begleitet haben oder es noch tun. Danke für euer Sein und eure Ermutigung und Begeisterung beim Lesen oder Hören meiner Geschichten und die vielen positiven Rückmeldungen.

Seid bereit, es geht weiter.

Danke. Gisela

Ich wünsche allen Lesern und Vorlesern und Nutzern dieses Buches viel Freude daran. Es wird nicht möglich sein, das Buch in einem Zug zu lesen, dafür ist es zu dicht und jede Geschichte für sich ein einzigartiges Gedankengut. Wenn sie berühren, wenn es ein Lachen bringt oder auch eine Träne, dann habe ich alles richtig gemacht.

Begleiten Sie mich...
Nachdenken... Lachen... Diskutieren... Freuen...

Vorwort:

Es freut mich, dass Sie den Weg zu diesem Buch gefunden haben und wünsche Ihnen als Leser, Vorleser und Zuhörer Freude und berührende wie auch lächelnde Momente.

Eine kleine augenzwinkernde Handlungsanweisung zum Lesen:
1. Sie fangen vorne an und hören am Ende auf.
2. Finden Sie einen spannenden Titel oder eine interessante Kurzerklärung und lesen die dazugehörige Geschichte.
3. Sie schauen ins Inhaltsverzeichnis und fahren fort bei Punkt 2 = interessant.
4. Sie suchen gezielt nach den pädagogischen und passenden Zielen der Metaphern und Geschichten in der Liste am Buchanfang oder am Anfang einer jeden Erzählung - und lesen.
5. ... ich bin sicher! Sie lesen.

Aufbau:
Am Anfang eines jeden Abenteuers finden Sie
☐ eine kurze Inhaltsangabe,
☐ mögliche Ziele der Geschichte, mit der Sie arbeiten können,
☐ Ideen für den Einsatz in Alltag, Arbeit und Pädagogik.

Am Ende einer jeden Geschichte finden Sie
☐ einige denkbare Fragen, die Sie miteinander diskutieren oder besprechen können.

Inhalt

Damit Sie es etwas leichter haben beim Auffinden der passenden Metapher:

Schwerpunkt	Titel
Absichten hinter Handlungen	Blaukäppchen
Anders sein	Linneas Traum
Anders sein	Ferkel Ringellos
Aufgabenteilung	Die Wetteruhr
Bedeutung und Auslegung von Werten, Wünschen und Hoffnungen	Der Schatz am Ende des Regenbogens
Bedürfnisse und Interessen	Die Wetteruhr
Bewährtes und Veränderbares	Blaukäppchen
Bewertungen	Picknick im Sandkasten
Defizitorientierung ./. Ressourcenorientierung	Der organisierte Himmel
Eigene Antriebe	Der Träumer
Eigene Rollen finden	Der Tag, als die Sonne streikte
Eigene Wege finden	Die Null
Eigene Wege gehen	Der Träumer
Ergänzung und Individualität	Die Null
Erwachsen werden	Der Schatz am Ende des Regenbogens
Erworbene Rechte und Rangfolgen	Picknick im Sandkasten
Folgen von Überforderung	Der Tag, als die Sonne streikte
Führung	Der organisierte Himmel
Für andere Da-sein und das eigene Dasein	Der Manchmal-Engel

Schwerpunkt	Titel
Gebraucht werden	Der Tag, als die Sonne streikte
Gemeinsame Projekte	Picknick im Sandkasten
Glück und andere Bedürfnisse	Der siebte Himmel
Grenzen erfahren	Der siebte Himmel
Gut und Böse	Blaukäppchen
Innere Verbindungen	Der Schatz am Ende des Regenbogens
Kommunikation	Der Tag, als die Sonne streikte
Kommunikation	Die Wetteruhr
Konflikte klären	Die Null
Konkurrenz	Picknick im Sandkasten
Konsequenzen	Blaukäppchen
Lernen	Der Schatz am Ende des Regenbogens
Liebe	Der Manchmal-Engel
Lösung von Problemen	Der organisierte Himmel
Makel, Tabus	Ferkel Ringellos
Mobbing und Ausgrenzung	Die Null
Motivation	Blaukäppchen
Offenheit und Funktionieren	Der Träumer
Ratschläge und Sichtweisen	Ferkel Ringellos
Reihenfolgen	Die Null
Rollen	Die Null
Rollen	Der organisierte Himmel
Teamarbeit	Der organisierte Himmel
Trauerarbeit	Der Manchmal-Engel
Träume und Visionen	Der Träumer

Schwerpunkt	Titel
Umgang mit Ängsten	Der siebte Himmel
Umgang mit Behinderungen und besonderen Talenten	Linneas Traum
Umgang mit Konflikten	Der Tag, als die Sonne streikte
Umgang mit Misserfolgen	Die Wetteruhr
Umgang mit starken Gefühlen	Die Wetteruhr

Die Null

Eine kurze Inhaltsangabe:

Eine Null sucht ihren Platz zwischen, vor und nach anderen Zahlen. Gemeinsamkeiten werden gesucht, Unterschiede gefunden.

Mögliche Ziele der Geschichte, Ideen für den Einsatz in Alltag, Arbeit und Pädagogik:

- ☐ Rollen
- ☐ Ergänzung und Individualität
- ☐ Reihenfolgen
- ☐ Werte
- ☐ Mobbing und Ausgrenzung
- ☐ Eigene Wege finden
- ☐ Konflikte klären

Der Ortsteil Mischmasch war heute stark bevölkert wegen des Volksfestes, zu dem alle Bewohner und viele Verwandte und Freunde mit Kind und Kegel gekommen waren.

An einem Tisch waren die Buchstaben versammelt und an einem anderen Tisch saßen die geometrischen Formen. Ein Tisch war im Augenblick ganz leer, was daran lag, dass sich sämtliche Rechenzeichen und die mathematischen Sonderzeichen gerade auf der Tanzfläche tummelten.

Das Geschrei war schon von ferne zu hören. Da hockte die Familie der Zahlen an einem weiteren langen Tisch auf einer langen Bank und von dort kam auch der Lärm.

Es hätten eigentlich alle hingepasst, das war für einen Beobachter sofort zu erkennen, weil an einem Ende der Bank noch jede Menge Sitzplätze waren, aber auf der anderen Seite standen zwei Zahlen und gifteten sich an.

„Du gehörst ans andere Ende, verschwinde du Null! Ich bin die Eins und ich gehöre hier an das Tischende, das ist der mir gebührende Platz!". Eine Eins stand dort, die Hände in die Hüften gestemmt und fixierte mit blitzenden Augen die Zahl 0, eine rundliche Figur mit großen Augen, die gerade ziemlich ratlos und verlegen dreischaute.

„Aber die Null ist kleiner als die Eins und mein Tischkärtchen steht doch auch hier", versuchte sie die Peinlichkeit zu überspielen.

„Richtig", konterte die Eins und blickte sich um nach Anhängern suchend. „Du bist kleiner als ich, also such' dir einen anderen, dir gebührenden Platz."

Damit nahm die Eins Platz und fegte das Tischkärtchen zu Boden und wandte sich der Zwei zu, die jetzt zu ihrer Rechten saß und grinste. „Und, was sagst du dazu Nr. 2?".

„Ganz deiner Meinung, jeder von uns hat seinen Platz und es gehört sich nicht, ihn einfach so zu verlassen!"

Die Nummer 3 in der Reihe war eine weich gefederte Zahl mit zwei symmetrischen ausgleichenden Bögen. Die Drei rutschte ein wenig verlegen hin- und her. Sie mochte die rundliche Null und wusste jetzt nicht so recht, was tun. Den eigenen Platz verlassen wollte sie nicht, ihr war klar, dass sie nach der zwei und vor der vier kam. Die Nummer drei war außerdem als Springer tätig, wenn es darauf ankam, ging sie als E durch und konnte in der Abteilung Buchstaben jederzeit aushelfen, weil dort ständig irgendwo ein E fehlte und das E sowieso schon dicht vor der Arbeitsüberlastung stand.

Die Vier hockte gemütlich auf der Bank, kerzengerade, sie war die Tänzerin und meist stand sie auf einem Bein irgendwo herum, wo man sie hinstellte. Die Fünf war die Cousine der Zwei, nur der Bogen war ein wenig anders, da war mal irgendwann eine geometrische Figur unter den Vorfahren gewesen.

Die Sechs war die Zwillingsschwester der Neun. Man konnte nie sicher sein, ob einem gerade die 9 oder die 6 gegenüber saß oder ob einer gerade kopfstand, um die anderen zu foppen.

Die Sieben stand wie die 4 auf einem Bein, aber bei weitem nicht so elegant wie diese und daher in der Reihung auch weiter hinten. Mit ihrem Glauben eines höheren Wertes jedoch machte sie dies wett und schaute oft fast gelangweilt in die Welt.

Die Acht sah ein wenig aus wie zwei Dreien, die man gegeneinandergestellt hatte oder zwei kleinere Nullen. Verwandt fühlte sie sich am ehesten der Null und blickte arg perplex angesichts dessen, was da gerade los war. Soweit zur Reihenfolge.

Was machte die Null? Sie fühlte sich mehr als ignoriert, war sauer bis zum Anschlag und peinlich berührt, weil alle anderen Familien ja auch herüber schauten.

Sie überlegte, ob sie ihre Körpermasse einsetzen und die Eins einfach von der Bank schubsen sollte. Dann müsste sie alle anderen aber auch mitbewegen und das war wohl zu schwer. Also entschied sie sich gute Miene zum Spiel zu machen und ging an das andere Ende der Bank und wollte sich hinsetzen.

Da saß die 9 oder die 6 und erklärte ihr, dass es jetzt zum Auftakt des Festes einfach seine Ordnung haben müsse und nach der Neun käme nun mal keinesfalls die Null, sondern immer erst die Zehn, also zuerst die Eins.

Wenn sie, die Null, die Eins mitbrächte, könnte sie sich gerne hinsetzen. „Aber ansonsten geht das halt nicht, muss doch alles richtig sein und wie sieht das denn aus, wenn plötzlich die Null neben der Neun sitzt? Nein und Nein. Gehe auf deinen Platz!"

Die Null grübelte: „Also zuerst kommt an diesem Ende die Eins und dann ich... ok, dann so herum."

Wieder marschierte und rollte sie an den anderen Zahlen vorbei zurück zur Eins und setzte sich nicht vor sie, sondern hinter sie, also zwischen die Eins und die Zwei.

Jetzt tobte der Bär. Die Eins und die Zwei, die sich bis eben unterhalten hatten, schwiegen kurz, dann erhoben sie lautstark Protest gegen diese Herausnahme von Positionen. „Das gehört sich nicht!", brüllte die Eins.

Die Zwei fiel ein: „Immer das gleiche, du Null, du Versagerin, du bist noch nicht mal eine richtige Zahl, du hast keinen Wert! Du bist nichts und gar nichts wert! Was willst du eigentlich hier? Verschwinde! Es kann dich sowieso keiner leiden!"

Dann gab sie der Null einen Schubs und diese fiel rücklings von der Bank. Das sah nichts besonders elegant aus, außerdem kollerte sie noch einmal um die eigene Achse, bevor sie etwas derangiert hocken blieb. Tränen standen ihr in den Augen. „Aber... aber....."

„Aber, aber. Was denn?", äffte jemand aus der Gruppe, ich weiß nicht mehr wer. Wer sich hier einen Platz herausnimmt, der ihm nicht gehört, muss eben gehen."

Die Null stand auf und sah sich um. Die Zahlen ignorierten sie geflissentlich, die Buchstaben und Figuren schauten herüber und schüttelten den Kopf über die Unvernunft dieser kleinen Gruppe, die sich nicht benehmen konnte. Sogar die Musik hatte kurz aufgehört zu spielen. Das war zu viel. Die Null nahm Reißaus.

Sie rannte mit wehendem Gewand quer über das Mischmasch-Gelände, überrannte das Q, das sich einmal um die Achse drehte, im Matsch landete und lautstark hinter ihr her schimpfte.

Sie rannte, bis sie eigentlich nicht mehr rennen konnte, den Berg hinauf und als die Luft ausging, war sie bereits am Kamm und ehe sie sich versah, stolperte sie und kullerte sich überschlagend immer schneller den Berg hinunter. Sie wusste schon nicht mehr, wo oben und unten war, da hob sie ab, flog durch die Luft und platschte mitten in einen Teich.

Zuerst lag sie einfach nur da, prüfte sich rundherum ab, es schien alles in Ordnung. Das Wasser war herrlich. Sie streckte sich ein wenig und dehnte sich, da hörte sie laute Jubelschreie. Etliche Kinder hatten sie entdeckt und krabbelten auf sie drauf. Einige standen oben auf ihr und hüpften dann mit Anlauf in das Wasser in ihrer Mitte. Andere setzten sich hin und plauderten. Die Null staunte. Niemand schickte sie weg.

Die Kinder mochten die Umrandung im See, sie mochten diese kleine weiche Insel und das Wasser war einfach nur schön. So kam es, dass die Null in diesem Sommer im Teich blieb.

Der Winter kam und es wurde kalt, die Kinder blieben erst einmal aus. Wie jeden Morgen reckte und streckte sich die Null und wartete auf ihre kleinen Freunde, da knackte es überall. Sie war recht erschrocken und sah sich um, alles weiß und fest. Die Sonne schien auf den Teich, es war alles wunderschön anzusehen. Die Null trug ein reinweißes Kleid und fühlte sich so liebreizend wie nie zuvor.

Sie erhob sich ein klein wenig, um besser sehen zu können, da kamen sie, ihre liebsten Kinder, und fuhren begeistert die kleinen Hügel hinauf und wieder hinunter. Es war der schönste Tag in ihrem Leben.

Manchmal fühlte sich die Null einsam, so ohne Familie und Freunde, ohne jemanden aus ihrer Heimat, mit dem sie reden konnte. Das fehlte ihr.

Sie ahnte nicht, wie sehr sie den Zahlen fehlte. Die Null hat zwar einen Nichtwert, aber ist ja nicht nichts wert. Im Gegenteil, in Kombination mit der Null, vor allem dann, wenn diese hinter einer anderen Zahl stand, explodierte deren Wert.

So fehlte die Null überall. Das Dezimalsystem war verloren, nichts konnte mehr ordentlich dargestellt werden.

Die Zahlen berichteten (auch wenn es manche jetzt erst wirklich bemerkten), dass es mit der Null an ihrer Seite einfach nur toll gewesen war, sie hatte sich ihnen immer zur Seite gestellt ohne zu meckern und hatte alle anderen um ein Vielfaches verbessert und vermehrt.

So kam es, dass sich die ganze Familie der Zahlen auf den Weg machte, außer der drei, die schon wieder aushelfen musste, um die Null zu suchen.

Sie fanden sie auch und staunten nicht schlecht über das, was sie sahen, so schön und zauberhaft hatten sie sie nicht in Erinnerung.

Sie baten die Null, nach Hause zu kommen und die Eins entschuldigte sich und erklärte ihr, dass sie nicht bedacht hatte, dass sie als Eins natürlich einmal am Anfang stehen musste, aber auch nach der Neun folgte, also den Schluss bildete, dort mit der Null als Partnerin.

Zuerst aber blieben sie noch eine Weile in der neuen Welt der Null. Die Eins hakte sich in einen Baum, die 2 und die 5 bildeten Leitern für die Kinder, damit sie hinaufkamen und dann kreischend vor Vergnügen die 1 hinabrutschen konnten. Die 4 und die 7 machten Tanzspiele, die 6 und die 9 waren als Schaukeln perfekt. Die 8 spielte Sandkasten mit den Allerkleinsten. Es war einfach nur toll.

Das gefiel der Null und alle kehrten einige Zeit später im Triumpf nach Mischmasch zurück und die Welt war wieder in Ordnung.

So kommt's, dass nichts nicht nichts ist und jeder seinen Platz an verschiedenen Stellen hat und es so auch richtig ist.

Fragen

Welche Möglichkeiten hätte die Null gehabt, um bereits am Anfang des Konfliktes Klärung herbeizuführen?

_____

_____

_____

Was bedeutet Mobbing? Wodurch kennzeichnet sich Ausgrenzung und Konfliktentstehung?

_____

_____

_____

Ist es machbar, dass Individualität bestehen kann ohne die Gruppendynamik zu zerstören?
Wie viel Individualität kann eine Gruppe ertragen?

_____

_____

_____

Der siebte Himmel

Eine kurze Inhaltsangabe:

Der siebte Himmel als Symbol der Verliebten oder Glücklichen. Nur: Geht da noch mehr? Vielleicht ein achter Himmel? Oder sind es in Wirklichkeit ohnehin nur drei?

Mögliche Ziele der Geschichte, Ideen für den Einsatz in Alltag, Arbeit und Pädagogik:

- ☐ Glück und andere Bedürfnisse
- ☐ Umgang mit Ängsten
- ☐ Grenzen erfahren
- ☐ Werte
- ☐ Ziele erreichen

Du hast bestimmt schon von Menschen gehört, die, wenn sie sehr sehr glücklich sind, sagen: „Ich fühle mich wie im siebten Himmel!" Das Ziel fast aller Menschen ist es, in diesen siebten Himmel zu kommen. Die meisten Menschen, die ich kenne, sind so im dritten oder vierten Himmel und sie alle wollen in den siebten Himmel. Eine junge Frau aus meiner Nachbarschaft erzählte mir neulich: „Ich habe mich verliebt, und das ging so schnell, plötzlich war ich im siebten Himmel. Und ich fühlte mich ganz wunderbar und aufgehoben und diese fabelhaften Wolken und der Weg dorthin, meine Schritte federten leicht, als ich in den siebten Himmel eintrat. Ja, da war ich wohl im siebten Himmel, aber ich kam überhaupt nicht weiter, der siebte Himmel war voll. Voll bis an den Rand!"

Die Menschen standen schon vorne am Eingang und warteten geduldig darauf, in diesen siebten Himmel eingelassen zu werden. Das ging auch so nach und nach, denn es gab immer wieder einige, die aus dem siebten Himmel herauskamen. Aber diejenigen, die nun einmal im siebten Himmel waren und dort auch bleiben wollten, und diejenigen, die ihre Reise in einen achten oder neunten oder zehnten Himmel fortsetzen wollten (Ich weiß auch nicht, wie weit das gehen soll), standen hinten vor einer Tür.

Der siebte Himmel hatte natürlich eine Eingangstür und eine Ausgangstür. Die Eingangstür führte vom sechsten Himmel in den siebten Himmel. Soweit ganz klar. Aber kein Mensch, den ich bisher getroffen habe, konnte mir sagen, wohin der siebte Himmel führt.

Ein paar ganz Mutige standen dicht vor dieser Tür zum Ausgang des siebten Himmels.

Und sie diskutierten miteinander, beratschlagten sich, wer denn die Tür öffnen möge, um zu schauen, was dahinter käme. Der eine sagte: „Dort ist bestimmt ein achter Himmel, der ist sicher noch flauschiger und noch schicker und noch schöner als hier der siebte Himmel."

Ein anderer sagte: „Ich habe noch nie gehört, dass es mehr als sieben Himmel gibt. Die höchste Stufe des Wohlfühlens ist eben hier der siebte Himmel und in diesem sind wir doch bereits. Wer weiß, was sich dahinter befindet. Ich würde diese Tür nicht öffnen. Ich bin ganz sicher, wir fallen zurück in den ersten Himmel."

Ein weiterer wiederum wandte ein: „Ich glaube noch nicht einmal, dass wir in den ersten Himmel zurückfallen. Ich denke, dahinter ist nichts als ein großes schwarzes Etwas.

Nichts, nichts wird sich dahinter befinden und wenn wir dort hinaustreten, fallen wir irgendwohin, wo wir nicht mehr zurückfinden. Noch nicht einmal in den ersten Himmel. Das ginge ja noch, von dort aus könnte ich jederzeit wieder hierher zurückkehren, wenn ich mich ein wenig anstrenge."

Was die Menschen kannten, waren die Tore zwischen den einzelnen Himmeln. Diese waren schön groß und durchlässig, man konnte genau von einem Himmel aus schon sehen, was es im anderen gab.

Und so war es recht einfach, hinauf oder auch wieder hinunter zu steigen, wenn man sich eben nicht mehr ganz so gut fühlte oder lieber zu seinen Freunden in einen anderen Himmel wollte.

Dann strengten sich alle gemeinsam an, die nächsten Himmel zu erreichen. Denn was macht das für einen Spaß, wenn man als einziger schon den nächsten Himmel erreicht hat und die Freunde noch im Vorhergehenden sind? Das ist nicht lustig. Und weil es nicht lustig war und keinen Spaß machte, plumpste man sowieso ganz automatisch wieder in den vorhergehenden Himmel oder auf die Erde zurück.

Aber viele viele Menschen schafften es in den siebten Himmel. Und der siebte Himmel selbst war hoffnungslos überfüllt. Damit stehen wir wieder vor diesem nächsten Tor und durch dieses konnte niemand hindurch schauen. Ja also, was tun? Die Tür öffnen? Und dann? Vielleicht blies ein schwarzer Wind herein und riss alle hinaus in das große weite dunkle Schwarz.

Dann ist zwar der siebte Himmel leer, aber wo sind alle hin? Vielleicht gab es aber tatsächlich einen achten Himmel, nur kam man wieder zurück? Wie gesagt, es macht keinen Spaß, wenn ein Mensch allein in einem anderen Himmel ist und die Freunde und Verwandten und alle Leute, die man selber nett findet, sich in einem anderen Himmel befinden.

Und so verhielten sich die Menschen, wie Menschen sich eben verhalten, wenn sie nicht recht wissen, was auf sie zukommt.

Manche kehrten zurück in den sechsten Himmel, andere kehrten ganz an den Anfang auf die Erde zurück, um mit Freude den nächsten und den nächsten und den nächsten Himmel zu erklimmen und wieder zurückzukehren und von vorne zu beginnen.

Andere wiederum hockten sich hin und warteten und ließen es sich im siebten Himmel so richtig gut gehen. Und wenn es ihnen nicht mehr gut ging, dann gingen sie in den fünften oder sechsten oder vierten oder dritten oder ersten oder zweiten.

Der siebte Himmel war weiterhin brechend voll und immer noch diskutierten einige vor dieser Tür, was sie denn tun sollten. Sie fürchteten, die Welt in Stücke zu reißen, wenn sie die Tür öffnen würden. Vielleicht aber kam das Glück dahinter. Vielleicht. Vielleicht auch nicht.

Die Entscheidung traf ein kleines Mädchen. Erst einmal vier Jahre alt war unsere Lisa. Sie hatte zu Weihnachten den Teddy mit den Knopfaugen bekommen, den sie sich schon solange gewünscht hatte. Lisa war glücklich und in einem Rutsch sauste sie von ihrem dritten Himmel in den siebten, dass es nur so krachte. Sie landete direkt vor der Tür.

Lisa hatte ihren Teddybären im Arm und war einfach nur selig. Und sie sagte ganz altklug: „Was soll schon passieren, es tut doch auch nicht weh, zurück in den ersten zu plumpsen oder vom dritten in den siebten, wie ich es getan habe. Das sind doch alles Wunschhimmel.

Wenn ich in den siebten Wunschhimmel kommen möchte, komme ich auch dorthin. Und wenn ich in den vierten Wunschhimmel kommen möchte, dann kann ich das. Dahinter ist bestimmt noch ein Wunschhimmel. Oder ein anderer.

Lasst uns einmal nachschauen."

Und sie öffnete die Tür, bevor die anderen etwas sagen konnten, bevor auch nur jemand die leisesten Bedenken äußern konnte. Die Tür öffnete sich und dahinter war: Der siebte Himmel. Der siebte Himmel war einfach nur größer geworden, noch ein Raum und noch ein Raum und noch ein Raum und jetzt war Platz da für alle.

So ist es im siebten Himmel. Da geht es einem am besten und deshalb braucht man auch Platz für die Freunde, für die Verwandten, für die Wünsche und für die Teddybären mit den dunklen Knopfaugen. Vielleicht sehen wir uns dort einmal. Viel Spaß im ersten, zweiten, dritten, vierten, fünften, sechsten, siebten Raum des siebten Himmels!

Fragen

Was ist unter Lebenszielen zu verstehen? Ist der siebte Himmel oder das damit verbundene Gefühl ein erstrebenswertes Ziel?

_____

_____

_____

Wie kann mit unsicheren, nicht einschätzbaren Situationen umgegangen werden?
Wie können Risiken minimiert werden?

_____

_____

_____

Wozu ist Angst gut? Kann man sie nutzen? Was zeigt sie?
Was ist erreichbar in der Balance zwischen Vorsicht und dem Eingehen von kalkuliertem Risiko?

_____

_____

_____

Linneas Traum

Eine kurze Inhaltsangabe:

Eine junge Frau verfügt über ein geheimnisvolles Wissen über die verborgenen Eigenschaften der Wehrburg. Viele Fragen des Umgangs mit Anders-Sein und Anders-gesehen-werden stellen sich ihr.

Mögliche Ziele der Geschichte, Ideen für den Einsatz in Alltag, Arbeit und Pädagogik:

- ☐ Zeit
- ☐ Anders sein
- ☐ Wahrnehmung der eigenen Landkarten / Welt
- ☐ Umgang mit Behinderungen und besonderen Talenten

Die Wehrburg zog sich weit den Hang hinauf. Ihre Mauern waren von Generation zu Generation ausgebaut und erweitert worden. Zur Linken wurde sie durch einen dichten Wald begrenzt, dessen knorrige Bäume teilweise mit der Mauer verwachsen schienen. Lang gezogen reihte sich Gebäude an Gebäude. Die unteren, die dort begannen, wo das kleine Dorf endete, wurden als Lagerräume, Unterkünfte für die Tiere und die besseren als Wohngebäude für die Bediensteten genutzt. Das große Wohnhaus erhob sich auf der Kuppe des Hügels und bot einen grandiosen Ausblick auf das Umland. Alles wurde geschützt durch eine große breite Mauer. Die Familie, die in dem Herrenhaus wohnte, bestand aus dem Besitzer und seiner Frau sowie den vier Kindern.

Linnea war das jüngste der vier Kinder. Sie war von klein auf anders als die anderen Kinder, sie trug nicht die dicken Röcke wie die anderen Mädchen, sondern dickere bequeme Hosen, darüber eine Tunika. Die haselnussbraunen Haare, die die Mutter ihr Morgens zu einem dichten Zopf flocht, befreiten sich in kürzester Zeit aus den Bändern. Linnea war ein kluges aufgewecktes Kind, das seine Schulaufgaben rasch und anstandslos erledigte und keinen Anlass zur Klage gab. Dennoch war etwas Seltsames um dieses Mädchen. In der einen Minute konnte man sie über den Hof zwischen den Ställen laufen sehen, in der nächsten saß sie mit den anderen beim Mittagessen. Kaum war die Schule zu Ende durchstreifte Linnea ihr Zuhause. Sie kannte jeden Winkel, jede Ecke, jede Nische.

Ihr Vater liebte dieses seltsame Kind über alles, auch wenn er es nicht schätzte, dass sie oft den angrenzenden Wald durchstreifte. Er hatte es ihr verboten, er hatte ihr erklärt, dass der Wald gefährlich sei für ein Kind, es nutzte nichts, immer wieder zupfte er ihr Tannennadeln aus dem Haar. Schließlich sagte er nichts mehr, sondern freute sich darüber, wenn sie ihn mit ihren strahlenden Augen ansah. Die Augen waren so tief, dass er den Eindruck hatte, weit in die Ferne zu schauen.

Linnea wurde größer und war jetzt ein junges Mädchen. Niemand wunderte sich wirklich noch darüber, wenn sie sich in einem Raum aufhielt und plötzlich verschwand. Sie tauchte unvermittelt in einem anderen auf und verschwand wieder. Es schien Geheimnisse in den alten Mauern zu geben, die nur Linnea kannte.

Das Geheimnis war einfach. Die dicken Mauern enthielten Geheimgänge, manche breit genug für eine größere Person, manche so schmal, dass sogar Linnea sich hindurch quetschen musste. Die meisten Gänge hatte sie im Laufe der Zeit gesäubert und von Spinnweben befreit. Warum niemand mehr außer ihr, da war sich Linnea sicher, von den Gängen wusste, war ihr nicht klar. Sie nutzte die Gänge wie andere Menschen die Flure und Höfe. Die Eltern, Geschwister und Mitbewohner akzeptierten dieses eigentümliche Verschwinden und Auftauchen.

Warum Linnea nichts sagte, warum niemand fragte, entzieht sich meiner Kenntnis. Sogar, als eine weitere unglaubliche Merkwürdigkeit dazu kam, schien niemand ernsthaft darüber nachzudenken. Linnea entdeckte, dass einige der Gänge sie zu einem anderen Zeitpunkt an den gleichen Ort zurückbrachten.

Anfänglich dachte sie, sie habe sich geirrt. Vielleicht träumte sie?

Aber sie erlebte die gleiche Situation wie vor einigen Minuten noch einmal. Sie probierte es ein paarmal aus. Gerade hatte sie ihrem Vater begeistert von einer Schulaufgabe berichtet und war dann gegangen. Nach Benutzung eines bestimmten Gangs kehrte sie in das Büro des Vaters zurück und wollte noch etwas ergänzen.

Aber der Vater wusste nichts. Sie versuchte einiges und erkannte schließlich, dass es sich um einen Zeitraum von etwa zehn bis fünfzehn Minuten handelte. Das war etwas anderes, als einmal hier und einmal dort aufzutauchen. Einen Zeitraum als einziger noch einmal zu erleben, brachte Linnea manchmal an den Rand des Verstandes. Sie stellte sich Fragen: „Werde ich in dieser Zeit älter? Wo verbringe ich diese Zeit? Welche Wahrheit ist wahr? Das erste Erleben oder das zweite? Bleibt eine Erinnerung bei den anderen Beteiligten und sei es auch nur im Traum?"

Linnea war außerstande, diese Fragen zu beantworten und sie kannte auch niemanden, den sie einzuweihen wagte. Sie ahnte, dass es dafür zu spät war.

Sie war bei den Bewohnern und ihren Freunden sehr beliebt und gelitten, aber sie hatte auch einen

Sonderstatus, indem man sie für leicht verrückt hielt. Man lachte nicht über sie, trotzdem spürte Linnea, dass vieles, was sie tat, toleriert wurde, einfach, weil sie es tat. Bei jedem anderen wäre es nicht gebilligt worden.

Als Kind fand sie es lustig und spannend, etwas Besonderes zu sein. Inzwischen war es nichts Besonderes mehr besonders zu sein. Besonders wurde jetzt definiert als anders, als merkwürdig und als sonderbar. Linnea gefiel es nicht, doch wusste sie keinen Weg mehr aus ihrer zugewiesenen Rolle.

Es tat ihr gut, dass sie in dieser Zeit einen Freund hatte, der ihr zur Seite stand und sie gegen dumme Sprüche von anderen abschirmte. Auch lächelte er nicht, wenn sie ihm von den Mauern erzählte und das tat sie. Aber auch er nahm es hin, als erzähle sie einen Traum. Linnea versuchte, ihn mitzunehmen, aber die Zugänge zu den Gängen öffneten sich ihnen nicht.

Er war nicht ärgerlich, sondern drückte sie nur an sich, bevor er zurück zur Arbeit musste. Als er weg war, suchte Linnea den Durchgang und fand ihn problemlos. Sie kehrte die Zeit um und war 10 Minuten vor der Zeit wieder am Treffpunkt. Ihr Freund war nicht da, das hatte sie auch nicht erwartet. An diesem Nachmittag weinte Linnea lange. Sie wusste, dass dieses Parallelleben bald zu Ende sein musste, sonst würde sie die Trennlinie nicht mehr ziehen können.

Zwei Tage später betrat sie durch die Mauer den dahinter liegenden Wald. Ihr Vater und einige Begleiter waren auf der Jagd und sie konnte die fernen Rufe hören. Sie bewegte sich an der Außenmauer entlang, um auf ihren Lieblingsplatz zu gelangen, eine kleine Lichtung umgeben von Gehölz und geschützt durch die Mauer. Die Sonne schien durch die Baumwipfel und tauchte den Platz in ein verwunschenes Licht.

Erschrocken hielt Linnea inne, als sie das Trampeln hörte und verschwand rasch wieder in der Mauer, wo sie sich herzklopfend eine kleine Weile aufhielt. Dann fasste sie Mut und betrat den Wald erneut.

Es war 10 Minuten zuvor... Der große Eber hielt auf sie zu und der Jäger dahinter hatte bereits seinen Pfeil auf der Sehne, als sie wie ein Spuk erschien. Er konnte den Bogen nicht mehr hochreißen, der Pfeil verließ die Sehne und traf unweigerlich das Ziel: Linnea.

Der Eber hatte einen Bogen geschlagen und verschwand laut tretend im Wald. Linnea spürte den Schlag gegen ihre Brust nicht und als ihre Beine sie nicht mehr trugen, sank sie zu Boden.

Der Jäger kam entsetzt näher und beugte sich zu dem Mädchen hinunter, das im weichen Moos lag und zu ihm aufblickte, den Pfeil in der Brust. Sie atmete zunehmend schwerer und es war nur eine Frage von Minuten, bis Linnea nicht mehr lebte.

Der Jäger war wie betäubt. Er ergriff den Pfeil mit beiden Händen und zog ihn mit einem vorsichtigen Ruck aus der Wunde und versorgte diese augenblicklich mit Moos, das die Blutung stillte. Dann erhob er sich und eilte davon, Hilfe zu holen, nicht ohne Linnea zu versichern, dass er gleich zurück sein würde.

Kaum war er verschwunden, stemmte Linnea sich hoch und tastete sich halb blind vor Tränen an die Stelle in der Mauer, wo sie den Zugang wusste. Sie fand ihn und verschwand.

Niemand hat das Mädchen Linnea je wieder gesehen, aber viele Bewohner der Burg hatten Träume über eine gütige junge Frau, die immer dann in den Träumen auftauchte, wenn sie es am Nötigsten hatten. Jahrhunderte später erzählte mir meine Großmutter die Geschichte der Fee Ennea, die so zauberhaft war, dass sie nicht erwachsen werden konnte.

Fragen

Wie wird Zeit empfunden? Was würde geschehen, wenn wir die Zeit doppeln könnten oder kürzen?

_____

_____

_____

Warum kann Anders-Sein auch bedeuten, ausgegrenzt zu sein?

_____

_____

_____

Wodurch gestaltet sich unsere Wahrnehmung und wie unterscheidet sich meine Welt von der Welt der Anderen? Gibt es ein Richtig oder Falsch?

_____

_____

_____

Blaukäppchen

Eine kurze Inhaltsangabe:

Ganz so einfach ist es heutzutage wohl nicht mehr, Großmütter und kleine Mädchen zu fressen. Diese Erfahrung macht der Wolf und noch mehr.

Mögliche Ziele der Geschichte, Ideen für den Einsatz in Alltag, Arbeit und Pädagogik:

☐ Bewährtes und Veränderbares
☐ Gut und Böse
☐ Absichten hinter Handlungen
☐ Konsequenzen
☐ Motivation

Es war in einem kleinen Dorf nicht weit vom Meer. Dort lebte eine Familie mit einem ungefähr acht Jahre alten Mädchen. Weil der Wind immer so pfiff vom Meer her und die Frauen mit ihren langen Haaren nichts sehen konnten, wenn er ihnen die Haare ins Gesicht wehte, trugen sie alle Hauben. Und auch das Mädchen trug eine kleine Kappe. Im letzten Jahr hatte es noch eine rote Kappe gehabt, aber weil alle Rotkäppchen zu ihm sagten, hatte es dieses Jahr darauf bestanden, dass die Kappe blau sein musste. Jetzt sagten alle Leute einfach Blaukäppchen. Das gefiel dem Mädchen auch nicht unbedingt besser, jedoch konnte es nichts dagegen tun.

Die Mutter sagte zu Blaukäppchen: „Mädchen, ich kann heute nicht zu Oma gehen. Ich möchte, dass du das machst. Oma kann nicht einkaufen gehen, weil sie sich den Fuß verstaucht hat."

Blaukäppchen maulte: „Äh, ich mag nicht. Immer muss ich gehen…".

„Blaukäppchen, keine Widerrede! Hier ist der Korb mit einer Flasche Rotwein, ein wenig Obst und das Brot, das Oma immer so gern isst. Du kannst den Nachmittag dort bleiben, ich hole dich heute Abend ab."

Blaukäppchen machte sich auf den Weg. Sie musste schon ein ganzes Stück laufen, erst um ein Getreidefeld, dann über eine Wiese und zuletzt noch durch ein Wald-stück.

Sie sprang recht vergnügt dahin und als sie über die Wiese kam und die ganzen Blumen sah, dachte sie sich: „Ich könnte doch der Oma ein Blumensträußchen mitbringen!"

Sie pflückte einige Blumen und fing an zu singen. „Blumen blau und Blumen gelb, Blumen grün, pflücke ich schön….". Blaukäppchen konnte überhaupt nicht singen und es klang ziemlich schräg.

Sie wurde beobachtet. Hinter einem Strauch am Waldrand hockte der Wolf und sah ihr zu. Als er ihr Singen hörte, sträubte sich ihm das Fell. „Meine Güte, ist die schlecht, furchtbar, das ist ja zum Weglaufen. Blumen rooot und Blumen blauhau, Blumen grün, pflücke ich schön….".

Der Wolf überlegte. „Die ist bestimmt noch eine Zeitlang beschäftigt mit ihren Blumen rohot… Ich könnte in der Zwischenzeit gut zur Omma rüber und vielleicht ein kleiner Happs?"

Rasch machte er sich auf den Weg und erreichte schnell das Häuschen der Oma am Meer. Er klopfte sachte an. „Wer ist da?"

„Hier ist Blaukäppchen. Ich habe Bluhumen mitgebracht und etwas zu Essen."

Der Wolf versuchte genauso zu quietschen wie Blaukäppchen und das war nicht weiter schwer. Er trat ein, denn die Tür war nur angelehnt und ging hinüber zum Bett, wo die Oma lag.

Oma hatte ihre Brille nicht auf und konnte ohnehin nicht gut sehen. Bevor sie noch etwas sagen konnte, machte der Wolf ‚Happs' und schluckte die Oma runter. Da hockte die Oma jetzt in dem Bauch und das war eine richtige Oma. Sie klopfte von innen an. „Hallo du!"

„Was ist denn Omma?", fragte der Wolf. „Ich hätte gern mein Strickzeug!" sagte sie. „Dein Strickzeug? Wo ist denn das?" erkundigte sich der Wolf.

„Oben auf dem kleinen Regal. Ich brauche das angefangene Stück, die beiden Stricknadeln und die ganze Wolle, die daneben liegt."
Der Wolf fand alles und schickte es Oma in den Bauch. Es dauerte keine zwei Minuten, als er ein Zwacken verspürte. Die Oma hatte ihn mit der Nadel gepiekt!
„He, Omma, was soll das?" „Es ist so dunkel hier. Gibst du mir die Taschenlampe?"
„Wo ist die Taschenlampe?", fragte der Wolf schon ziemlich genervt. Oma fressen hatte er sich leichter vorgestellt. „In der obersten Schublade des Geschirrschranks. Vielen Dank auch."
Der Wolf fand die Taschenlampe und schluckte sie runter.

Es dauerte wieder etwa zwei Minuten, da klopfte es erneut. „Omma, was ist?", brüllte der Wolf.
„Ich brauche Batterien", meinte die Oma. „Sonst noch etwas Oma?", erkundigte sich der Wolf in der Hoffnung, dass dann endlich Ruhe wäre.
„Nein, nein, das wäre alles. Die Batterien sind in der zweiten Schublade.." „Vom Geschirrschrank! Ja, Ja", knurrte der Wolf und besorgte das Gewünschte.

Er traf seine Vorbereitungen für Blaukäppchen. Er kroch ins Bett, zog Omas Haube über den Kopf und die Bettdecke übers Kinn. Er saß kerzengerade im Bett. Deutlich waren Omas Strickgeräusche zu hören. Die Nadeln klapperten und ab und zu piekten sie natürlich auch. Der Wolf bekam Schluckauf und er schwor sich, nie wieder in seinem ganzen Leben Omas zu futtern.

Blaukäppchen war eindeutig zu hören: „Tralla, Trallalla, Omi bin wieder da. Bring dir was zu essen und ein paar Blumen.. Jajaha."

Flugs stand sie vor dem Bett und plapperte und plapperte. „Ich habe dir einen Korb mitgebracht. Die Mama hat mich geschickt und sie kommt mich heute Abend abholen... Sag mal Oma, warum hast du denn heute so große Ohren?"

Der verkleidete Wolf antwortete zuckersüß. „Ach liebes Blaukäppchen, das ist, damit ich besser hören kann, was du mir so Nettes erzählst."

Blaukäppchen plapperte weiter, hörte aber schnell wieder auf: „Und warum hast du so große Augen?"
„Das, liebes Blaukäppchen ist, damit ich dich ohne Brille sehen kann."
„Und warum hast du einen so großen Mund, Oma?"
„Damit ich dich schnell fressen kann!"

Es tat wieder einen Happs und Blaukäppchen landete bei Oma. Das war erst einmal eine nette Begrüßung und der Wolf bekam schon Bauchbeklemmung, als er dem Geschwätz zuhörte.

„He, du," brüllte Blaukäppchen, als habe er Tomaten auf den Ohren. „Ich will meine Legosteine, und zwar alle. Sie sind unten in der Schublade vom Geschirrschrank. Und die zweite Taschenlampe auch und die zusätzlichen Batterien! Alles im Geschirrschrank. Dalli, dalli".

Der Wolf beeilte sich, um dem Gebrüll ein schnelles Ende zu bereiten. Er schluckte alle Legosteine runter, wirklich alle, das waren viele und die Taschenlampe und die Batterien.

Er hielt sich den Bauch und schwor sich erneut: Nie wieder Omas und ganz gestimmt nie wieder so schreckliche Gören zu fressen. Glaubten die eigentlich, er sei ein Hotel mit Extraservice? Legosteine gefällig? Strickzeug, Taschenlampen?

Die Nadeln klapperten und piekten. Die Legosteine machten Krach, wenn Blaukäppchen sie durchwühlte und murrte, wenn sie nicht gleich das richtige Steinchen fand. Er hatte einen ganz aufgeblasenen Bauch und schlief erst nach einer Weile ein.

Der Förster, der am offenen Fenster an Omas Haus vorbeiging, kam zurück, weil er das Schnarchen so komisch fand. Er lugte vorsichtig durchs Fenster und erblickte den Wolf.

„Der hat bestimmt die Oma gefressen!", dachte der Förster. „Na warte."

Er schlich sich ins Haus und schüttete dem Wolf in das offen stehende Maul ein Brechmittel. In den Wassereimer vor dem Haus füllte er ein starkes Schlafpulver.

Es dauerte nicht lange, bis der Wolf erwachte. Ihm war speiübel. Er rannte aus dem Haus und auf dem Weg zum Brunnen spuckte er schon die ganzen Legosteine aus. Auch einige Batterien lagen jetzt schon auf dem Weg. Am Brunnen machte es nur noch ‚Würg‘ und zuerst plumpste Blaukäppchen, danach Oma zusammen mit dem Strickzeug heraus. Sie landeten im Gras.

Der Wolf hatte nur noch Durst. Er soff erst aus dem Brunnen, soviel er kriegen konnte, anschließend trank er noch den Wassereimer aus bis zum letzten Tropfen. Es tat einen Schlag, dann wirkte das Schlafmittel und er kippte aus den Pfoten.

Der Förster und die Oma schleppten den Wolf in das Ruderboot, nahmen die Ruder weg und schoben das Boot in die Brandung. Der Wolf wurde einige Stunden später auf der nächsten Insel an Land gespült, wo keine Menschen lebten und die Möwen ihn auslachten.

Fragen

Welche positiven Absichten haben Menschen? Was steckt hinter unseren Handlungen?

_____

_____

_____

Kann die Welt geteilt werden in Gut und Böse? Wer entscheidet, was richtig oder falsch ist?

_____

_____

_____

Welches Recht hat ein Dritter, ein Spezialist, ein Chef, eine Mutter, einzugreifen und wann?

...Der Förster hat in einen Vorgang eingegriffen, der schon immer so war: Wölfe fressen Omas...

_____

_____

_____

Der Manchmal-Engel

Eine kurze Inhaltsangabe:

Manche Menschen begegnen uns und verändern unsere Sicht auf die Dinge. Klara hat eine solche Begegnung, die ihr hilft, Liebe neu zu definieren und über Trauer hinwegzukommen.

Mögliche Ziele der Geschichte, Ideen für den Einsatz in Alltag, Arbeit und Pädagogik:

- ☐ Zuhören und Ratschläge
- ☐ Trauerarbeit
- ☐ Umgang mit Verlusten
- ☐ Liebe
- ☐ Für andere Da-sein und das eigene Dasein

Es trug sich in der kleinen Stadt am Westufer des Langen Stroms zu. Diese Stadt lag dort, wo der Fluss nach Süden abbiegt und da fast alle Häuser Blick auf den Langen Strom haben sollten, waren die Häuserfronten ebenfalls nach Süden ausgerichtet.

Die Einwohner der Stadt gingen, wie die meisten Einwohner von Städten, ihren Aufgaben nach, um für sich, ihre Familien und die Stadt ein angenehmes und sinnhaftes Leben zu führen.

An diesem Tag jedoch, es war einer der ersten Frühlingstage, hätte ein Besucher die Straßen leer gefunden, die Läden geschlossen und den Verkehr ruhend. Wo waren denn alle?

Auf dem Friedhof. Warum das? War der Bürgermeister gestorben und die Bewohner wollten ihm die letzte Ehre erweisen oder war heute ein hoher kirchlicher Feiertag, der auch die weniger Kirchgang gewohnten lockte?

Weder noch! Es war schlimm, viel schlimmer!

Drei Tage zuvor war es genau an der Stelle, wo der Kindergarten und die Tagesstätte lagen, zu einem lokalen Erdbeben gekommen, der zu einem Riss in der Erde geführt hatte. Das Dach, ja das ganze Gebäude, war im Nu zusammengestürzt und hatte die Hälfte der bis dahin sich im Haus befindlichen Kinder getötet. Es waren neun Kinder gestorben, alle zwischen einem und fünf Jahren jung. Keiner wusste zu sagen, wie die anderen das überlebt hatten.

Es war noch Glück im Unglück, denn um diese frühe Uhrzeit gegen halb acht waren kaum Kinder der sonst über 80 Kinder in der Einrichtung.

Heute war die Beerdigung.

Dem Brauch in dieser Stadt zufolge, sollte jedem Kind sein Lieblingsschlafanzug zum Wechseln mit ins Grab gegeben werden. Die Aufgabe, die 9 Schlafanzüge dem Trauerredner zu bringen, war der gerade einmal sechsjährigen Klara zugefallen. Klara war verständlicherweise sehr aufgeregt. Ihre kleine Freundin Mona war unter den gestorbenen Kindern. Sie erhielt die Schlafanzüge in der Halle nahe beim Friedhof. Sie war so durcheinander und zitterte, dass sie einen nach dem anderen auf dem Weg verlor. Als ankam, trug sie noch drei. All dies hatte eine fremde Frau beobachtet, die hinter Klara in einigem Abstand gehend, die fallengelassenen Schlafanzüge aufsammelte. Sie erreichte Klara in dem Moment, als Klara ihren Verlust bemerkend, kurz davor war, in Panik auszubrechen.

„Alles in Ordnung, Klara, du hast deine Aufgabe erfüllt, hier sind die anderen Schlafanzüge." Die Trauerredner sprachen, die Angehörigen und alle anderen weinten und am Ende passierten sie die neun offenen Kindergräber. Da niemand mehr auf die Schlafanzüge achtete, nahm die fremde Frau sie und ging wie die anderen an den Gräbern vorbei. Unter den Blicken der Eltern legte sie sorgfältig jedem Kind seinen Schlafanzug ins Grab. Danach blickte sie das jeweilige Elternpaar an und trotz Ihrer Trauer fühlten sich diese seltsam getröstet.

Klara wunderte sich. Woher kannte die Frau die richtige Zuordnung? Keiner der Schlafanzüge war beschriftet gewesen. Und wieso guckten alle so komisch, wenn sie sie ansahen? Das musste ein Engel sein! Obwohl, Engel sind blond und ganz ganz schön. Diese Frau war hübsch und dunkelhaarig, vielleicht war sie verkleidet?

Als die Gräber geschlossen wurden, weinte Klara sehr und ging zu ihrer Tante, der Mutter von Mona. Doch dann zog es sie zu den großen Bäumen auf dem Friedhof.

Dort saß sie allein, verlassen, und hielt die Augen geschlossen. Als sie sie wieder öffnete, weil die Tränen bei geschlossenen Augen noch mehr brannten als bei offenen, saß die fremde Frau neben ihr.

„Weine nur, Klara. Trauer ist richtig, dein Schmerz ist in Ordnung für heute und vielleicht auch für morgen", sagte sie ruhig, streckte ihre Arme aus und Klara kuschelte sich, wie sie es als kleines Kind getan hatte, auf ihrem Schoß zusammen. Es überkam sie ein großer Frieden. Lange, so kam es ihr vor, saßen sie da, aber die Sonne war kaum weitergewandert.

Groß schaute Klara die Frau an: „Bist du ein Engel?" Die Frau lachte nicht, was Klara ihr hoch anrechnete. „Nein, eigentlich nicht. Manchmal, bin ich es vielleicht!"

Klara ging nach Hause und erzählte ihrer Mutter von der Frau, die manchmal ein Engel war. Die Mutter sagte nichts, weil sie spürte, dass es Klara tröstete.

Einige Tage danach, der Frühling war da, holte Klara früher als sonst ihren kleinen Bruder von der Tagesstätte ab, die vorübergehend im hinteren Schulgebäude mit angrenzendem Pausenhof untergebracht war. Die meisten Kinder hockten auf den Bänken und schwiegen. Einige weinten. Klaras Bruder erklärte ihr, die Erzieherin habe gesagt, alle gestorbenen Kinder wären im Himmel und keiner würde sie je wieder sehen und... Er weinte so hilflos und Klara konnte ihn gut verstehen, aber wie sollte sie ihm erklären, dass eines Tages alle einmal in den Himmel kommen würden. Sie begriff es ja selbst kaum. Die Erzieherin ging kurz hinein, als die fremde Frau den Hof betrat.

Klara lief ihr entgegen. „Hallo, Manchmal-Engel!" Die Frau lächelte sie freundlich an. „Hallo, Klara, kann ich dir helfen?" Sie setzte sich auf die Umrandung des Sandkastens und winkte die Kinder zu sich her. „Schaut einmal, eure Freunde sind tatsächlich fort und in diesem Leben kehren sie nicht wieder. Aber sie werden immer bei euch sein in euren Herzen. Sie haben jetzt andere Aufgaben zu erfüllen, so wie ihr das Eure tun müsst auf dieser Welt."

„Kann man sie sehen?", fragte Klaras Bruder. Die Frau blickte prüfend nach oben, nickte und deutete auf eine Reihe Schäfchenwolken. „Da oben sitzen sie und wundern sich, warum ihr weint. Es geht ihnen gut und sie üben gerade einen Tanz ein, den sie nachher den Großeltern und anderen Verwandten, die schon da sind, vorführen.

Wenn ihr genau hinschaut, dort, wo die Ränder der Wölkchen immer mal aufblitzen, kannst du sie sehen." Die Kinder sahen hinauf und tatsächlich sahen ihre Kinderaugen das, was den Erwachsenen verwehrt bleibt und sie weinten nicht mehr.

Als die Erzieherin aus dem Haus kam, spielten die Kinder einen Tanz nach und die fremde Frau war fort. Klara war mehr denn je davon überzeugt, dass sie ein Engel war.

Der Manchmal-Engel II

Es waren inzwischen fast acht Jahre vergangen. Klara war ein junges Mädchen, beinahe vierzehn Jahre alt und gerade im Aufbruch zum Erwachsenwerden.

Klaras Gedanken kreisten seit einigen Wochen wieder um das Ereignis, bei dem auch ihre kleine Freundin Mona ums Leben gekommen war. Der Grund für die Erinnerung war die Tatsache, dass Monas Mutter jetzt bei ihnen lebte und Klara bemühte sich sehr bei dem Versuch, ihr Mona zu ersetzen.

Es war September, noch warm und Klara hockte, wie so oft in letzter Zeit auf der Schaukel. Auch Bestechungsversuche ihrer Mutter, sie mit Kakao ins Haus zu locken, halfen nicht, Klara wollte allein sein.

Da betrat eine Frau den Garten und Klara sprang, ihrer angesichts geworden, von der Schaukel und rannte in ihre Arme. Sie weinte bitterlich und war vor lauter Schluchzen kaum mehr zu verstehen.

Nur die Worte „Manchmal-Engel", „Mona", „lieb haben" und „wehtun" waren gerade noch zu hören.

Die Frau, die Klara seit damals, seit dem Unglück, nicht mehr gesehen hatte und als Manchmal-Engel bezeichnete, beugte sich herab, schob Klara ein wenig von sich, hielt sie aber noch fest.

„Klara, was machst du denn? Ich dachte, du seiest schon groß genug, um zu verstehen, dass du Mona nicht ersetzen kannst. Wenn du versuchst, ihr Leben zu leben, vergisst du dein eigenes, das will Mona nicht."

Klara schrie: „Ich will ja auch nicht Mona sein, ich will nur die Tante mehr lieb haben, ich". .. Sie kam nicht weiter. „Stopp, Klara, komm lass uns hinsetzen."

Sie setzten sich auf den sonnenbeschienenen Fleck des Gartens, in dem die schönsten Blumen wuchsen. Die Frau nahm Klaras Hände. „Schau mal, Klara, hast du deine Mama lieb?" Klara nickte.

„Hast du deinen Papa lieb?" Klara nickte wieder.

„Hast du auch deinen Bruder lieb?" „Ja", antwortete Klara.

„Und wenn du deinen Papa und deinen Bruder lieb hast, hast du dann deine Mama weniger lieb?"

„Nein, natürlich nicht, aber vielleicht reicht jetzt die Liebe für die Tante nicht mehr aus und Mona hat ihren Teil ja auch mitgenommen." Verwirrt sah sie den Manchmal-Engel an.

Die Frau strich ihr übers Haar. „Klara, das mit der Liebe ist nicht so schwierig, wie es scheint. Monas Liebe wird immer bei dir sein. Menschen, die gehen, nehmen unsere Liebe zwar mit, aber das, was sie dalassen, ist wie bei euch im Garten. Aus einer schönen Blume wachsen im nächsten Jahr noch mehr und noch schönere." Sie legte Klara die Hand auf das Herz.

„Da drin, Klara, ist dein großes Herz mit all deiner Liebe. Und Liebe ist etwas, was mehr wird, wenn du gibst. Hab keine Angst, du kannst ganz viel Liebe hergeben, es wird noch mehr nachwachsen.

Aber achte darauf, dass du sie richtig gibst, als Tochter deinen Eltern, als Schwester deinem Bruder und als Klara deiner Tante. Und den großen Rest gibst du dir! Allerdings musst du auch leben, damit die Liebe in dir wachsen kann und du musst dir auch geben lassen, denn die anderen wollen ihre Liebe auch verteilen!"

Dann küsste sie Klara auf die Stirn und ging.

Klara saß lange da. Vieles verstand sie noch nicht, einiges schon. Die Mutter brauchte sich keine Sorgen mehr zu machen, denn Klara war fröhlich wie zuvor, allerdings schaute sie bei allem genauer hin.

Den Manchmal-Engel sah sie selten, gesprochen hatte sie ihn nicht mehr. Er ging vorüber und winkte ihr zu, saß bei anderen Kindern und erzählte. Aber vergessen hat Klara ihn nie.

Fragen

Manche Menschen sind einfach nur da. Was zeichnet sie aus und was können wir von ihnen lernen?

_____

_____

_____

Ist Liebe teilbar? Ist Liebe vermehrbar? Gibt es Grenzen der eigenen Kraft?

_____

_____

_____

Wie kann mit dem Verlust geliebter Menschen umgegangen werden?

_____

_____

_____

Der Schatz am Ende des Regenbogens

Eine kurze Inhaltsangabe:

Zwei Menschen machen sich auf und suchen den Schatz am Ende des Regenbogens. Sie finden ihn, wenn auch in anderer Weise als erwartet.

Mögliche Ziele der Geschichte, Ideen für den Einsatz in Alltag, Arbeit und Pädagogik:

- ☐ Erwachsen werden
- ☐ Lernen
- ☐ Bedeutung und Auslegung von Werten, Wünschen und Hoffnungen
- ☐ Ziele erreichen
- ☐ Verantwortung
- ☐ Innere Verbindungen

Das kleine Haus duckte sich unter einem Felsvorsprung, der das Land schon vor Jahrtausenden gesehen hatte. Es war umwachsen mit dichtem Gebüsch und altem Baumbestand. Auf dem Feld wuchs alles, was die beiden Familien, die sich das Haus teilten, zum Leben brauchten. Auf der Wiese war ein reicher Bestand an Obstbäumen und in dem kleinen Bächlein, das munter zu Tale floss, wurde Fisch gefangen.

Die beiden Familien hatten je vier Kinder. Die jeweils beiden Ältesten Katalirna und Matthis waren in dem Alter, wo sie das Gebüsch zu manchem Stelldichein nutzten. Den Bewohnern ging es gut, bis zu jenem Winter, der nicht kalt genug war und durch seine Nässe manch Zipperlein und Erkältungen brachte. Der Boden war auch im Frühling noch nass und die Saat konnte nicht ausgebracht werden, weil die Jungpflanzen davon schwammen. Das Obst an den Bäumen im Sommer verfaulte. Es regnete und regnete, keine Sonne ließ sich mehr blicken. Sehnsüchtig blickten die Menschen aus dem Fenster und warteten auf das Zeichen, dass die Sonne den Regen ablösen würde. Sie wussten, dass der Regenbogen das Zeichen war, dass der Regen ging und die Sonne kam oder umgekehrt, es gab keinen schöneren Anblick als den farbenprächtigen Bogen von einem Ende des Horizonts zum anderen. Auch hier erzählte die Sage, dass am Fuße des Regenbogens ein wunderbarer Schatz verborgen war. Er musste nur gefunden werden und das Glückskind, das zur richtigen Zeit am richtigen Platz war, um den Regenbogen wachsen zu sehen, würde auch den Schatz finden.

Ganz schlimm wurde es, als ein Bergrutsch dem Bachlauf den Weg abschnitt und die Menschen ihm mühsam zurück in sein Bett helfen mussten. Lange blieben die Fische aus. Der Ernteertrag reichte gerade zum Überleben und der nächste Winter wurde oft hungrig.

Katalirna und Matthis hatten sich einander versprochen, aber darauf bestanden, erst zu heiraten, wenn das erste Jahr guter Ernte vorüber sei und die Familie wieder ein Auskommen hatte. Vier der Kinder zogen ins Dorf zu einer Tante, vier junge Leute waren noch da mit den Eltern, als Katalirna und Matthis beschlossen, das Ende des Regenbogens zu suchen.

Das Glück gehört den Tüchtigen, sagten die beiden und zogen fort. Sie wussten, dass die Eltern mit zwei Kindern, die gut anzupacken wussten, nun allein den Hof bewirtschafteten, aber es war an der Zeit, aufzubrechen und neue Wege zu suchen. Katalirna und Matthis waren bereits drei Monate unterwegs und hatten dreimal den Hauch eines Regenbogens erblickt, aber er war zu zart, um dauerhaft zu sein und die Zeit zu seinem Fuße zu kommen, war zu kurz.

Eines Tages jedoch übernachteten sie in einer trockenen Höhlung. Am Morgen traten sie hinaus auf das freie Land und um sie herum flirrte es in den schönsten Farben. Sie hatten ein Ende des Regenbogens entdeckt! Zu ihrer Enttäuschung war die Geburt des Bogens, den sie erlebten, zwar einmalig, aber der Schatz musste sich wohl am anderen Ende befinden, denn sie fanden ihn nicht.

Katalirna und Matthis beschlossen, sich zu trennen und nach Ablauf von längstens drei Jahren nach Hause zurückzukehren, wenn sie Glück hatten oder auch nicht. Sie tauschten die Ehesteine, ein kleiner Stein, der langes Leben und feste Bindung bedeutete. Er würde ihnen durch die Macht und Verbindung der Erde anzeigen, wer erfolgreich gewesen war. Jeden Monat würden sie den Stein auf einen Felsen legen und in der sternenklaren Nacht auf ein Zeichen warten. Lange saßen sie an diesem Tag zusammen, dann ging Matthis in die eine Richtung und Katalirna in die andere. Keiner drehte sich um, denn dann wären sie nicht weitergegangen.

Katalirna fand oft Arbeit auf Höfen und in den Dörfern. Im Winter unterrichtete sie Kinder und erfuhr auf den Marktplätzen viel von der Welt. Auch hörte sie hin und wieder die Geschichte eines Liebespaares, das ausgezogen war, das Ende des Regenbogens zu finden und sie lächelte versonnen, wenn sie hörte, dass die Menschen überlegten, wie schön das doch sei.

Matthis packte an, wo er konnte. Er war ein überaus geschickter Handwerker mit künstlerischer Fertigkeit und gehörte nach 2 Jahren der Wanderschaft zu den gesuchten Männern für Kirchenbau und den Ausbau von Herrschaftshäusern. Aber auch er fand das Ende des Regenbogens nicht. Kurz vor Ablauf des dritten Jahres sann er darüber nach, was wohl Katalirna tat. Er hätte es gespürt, wenn sie erfolgreich gewesen wäre und der Stein zeigte nichts. Er nahm ihn in die Hand und spürte seine Wärme.

Wenn er die Augen schloss, glaubte er Katalirnas Hand zu spüren und atmete den Geruch ihres Haars. Wie er sie vermisste!

Matthis machte sich auf den langen Heimweg und wanderte von Dorf zu Dorf, von Stadt zu Stadt. Er überquerte Berge und reißende Flüsse. Es dauerte sehr viel länger, nach Hause zu kommen, als er erwartet hatte. Auch Katalirna war auf dem Heimweg. Sie trug ihre inzwischen erworbene Habe in einem selbstgemachten Lederbeutel auf dem Rücken und wanderte den Landweg entlang.

An diesem Abend fand sie Unterschlupf in einer kleinen Hütte. Im Abendrot blickte sie den Berg hinauf, den sie am nächsten Tag zu überqueren beabsichtigte, wobei ihr Blick auf dem Südstern ruhte, der sie freundlich anblinkerte. Matthis war ebenfalls am Fuße eines Berges und bevorzugte an diesem trockenen Sommertag das weiche Moos. Auch seine Augen ruhten auf dem Südstern.

Später wusste er nicht mehr, wann er eingeschlafen war, aber als er die Augen aufschlug, war es heller Tag. Ein dicker Regentropfen platschte ihm mitten auf die Nase und da war er, der wahrlich schönste und größte Regenbogen, den er je gesehen hatte, er spannte sich über den ganzen Himmel und schien die halbe Welt zu umfassen. Der Stein in seiner Tasche fühlte sich warm an und vibrierte leicht.

Auch Katalirna war wach und blickte staunend auf den Regenbogen, der sich über ihr, vor ihr und hinter ihr erstreckte. Sie war mittendrin und einfach nur glücklich. Eine leise Stimme wisperte ihr zu, loszulaufen und den Regenbogen zu besteigen und sie tat es. Schritt für Schritt federte sie ab und immer höher trugen sie ihre Füße. Oben angekommen überblickte sie die Welt und sah in der Ferne das Haus ihrer Kindheit.

Auf der anderen Seite des Bogens trat ein hübscher junger Mann aus den Farben. Als Katalirna Matthis erkannte, lief sie so schnell sie konnte, bis sie atemlos lachend voreinander standen. Matthis betrachtete staunend die wunderschöne Frau, die vor ihn hintrat und konnte es nicht fassen. Gemeinsam, Hand in Hand, begleiteten sie sich Richtung Heimat.

Das war es also, was ‚Schatz' bedeutete, es gab keinen größeren Schatz, als den Menschen, den man liebt.

Sie hatten nicht nur sich gewonnen, sondern konnten mit ihren erworbenen Fähigkeiten und Erfahrungen Unschätzbares leisten. In diesem Bewusstsein lebten sie lange und gaben das Wissen vom Schatz der Erfahrung und dem Fuße des Regenbogens noch an zwei Generationen weiter.

Besonders im Winter, wenn es kalt war, der Weihnachtsbaum duftete und die Familien sich versammelten, war es diese Geschichte vom Glück, die jedes Jahr wieder erzählt wurde.

Fragen

Wie spüren Menschen, dass sie mit anderen verbunden sind? Wie kommt das?

_____

_____

_____

Welche Werte sind Ihnen wichtig? Gibt es eine Reihenfolge von Werten?

_____

_____

_____

Kann jeder Mensch ungehindert wachsen? Wodurch drückt sich persönliches Wachstum aus? Was bedeutet Erfahrung?

_____

_____

_____

Der organisierte Himmel

Eine kurze Inhaltsangabe:

Im Himmel ist eine Menge los und es bedarf einer klaren Struktur, damit alles funktioniert. Wie sich das auf die Menschen auswirkt und welche Gemeinsamkeiten zwischen Himmels- und Erdenbewohnern bestehen, erzählt diese Geschichte.

Mögliche Ziele der Geschichte, Ideen für den Einsatz in Alltag, Arbeit und Pädagogik:

☐ Rollen
☐ Teamarbeit
☐ Führung
☐ Defizitorientierung   ./.
Ressourcenorientierung
☐ Lösung von Problemen

Im Himmel

Anlass für dieses denkwürdige Arbeitstreffen, von dem ich erzählen will, war folgender Vorfall: Am Weihnachtsfest waren nicht alle Länder pünktlich beliefert worden, sondern ein ganzer Kontinent hatte seine Weihnachtsgeschenke mehr als vierundzwanzig Stunden später bekommen als geplant.

Der Kontinentalbeauftragte hatte sich bei Petrus beschwert, der für die Leitung verantwortlich war und daraufhin eine himmelweite Arbeitssitzung einberief. Eingeladen waren Mutter Natur, alle Engel, die Abteilungsleitungen der feierlichen Tage der Menschen, der Nikolaus und Weihnachtsmann sowie die Osterhasenvertreter. Auch die Gestirne hatten ihre Vertreter geschickt, die Sonne ein paar Sonnenstrahlen und die Sterne ein Sternenleuchten. Der Mann im Mond kam höchstpersönlich. Auch der Abteilungsleiter der Unterwelt, Luzifer, hatte zugesagt. Er roch immer etwas streng, aber das traute sich ihm keiner zu sagen.

Auf der Tagesordnung stand die Verteilung der Arbeiten im Weltenreich mit der Maßgabe, dass niemand zu viel und niemand zu wenig Arbeit hat und um die saubere Einhaltung von Terminen.

Petrus wollte gerade ansetzen, seine Ideen offenzulegen, als Luzifer dazwischen blökte. „Wo ist denn eigentlich der Chef?"

„Luzifer, immer noch ‚Herr Gott'!", rügte ihn Petrus. Luzifer schwieg betreten und schaute zu Boden.

Und Petrus meinte: „Er kommt etwas später, er ist bei einem Kunden." Die ganz wichtigen Kunden versorgte der Herrgott selbst, weil er rasch und ohne Umwege alles wieder in Ordnung brachte.

Petrus fragte in die Runde, ob es erste Ideen gäbe, als Luzifer vorschlug: „Wir können doch zum Beispiel die Sonne abschaffen."

Alles wandte sich zu ihm um. Wie die Sonne abschaffen? Die Sonnenstrahlen tanzten ganz empört und aufgeregt durcheinander. „Na ja", meinte Luzifer. „Nachts scheint sie doch ohnehin nicht und tagsüber ist es sowieso hell." Es dauerte eine Weile, bis die Belegschaft diesen merkwürdigen Scherz verdaut hatte und wieder Ruhe einkehrte.

Der Kontinentalvertreter erklärte: „Aufgefallen ist dieses Jahr vor allem, dass die Anweisungen an den Weihnachtsmann wohl zu spät erfolgt sind."

Der Vertreter der Tiere wandte ein, dass die Elche jetzt wirklich schon ihr Bestes täten. Mehr sei nicht zu schaffen.

„Dann muss der Weihnachtsmann halt ein bisschen abnehmen, wenn er das alles nicht mehr packt. Wir müssen doch alle ein bisschen abspecken!", grinste Luzifer. Der Weihnachtsmann erhob sich empört. „Also hör mal Luzifer, das ist jetzt nicht fair, wieder die ganze Schuld bei mir abzuladen. Hast du vielleicht schon einmal einen dünnen Weihnachtsmann gesehen und den vielleicht noch ohne Bart?

Hockst ja da unten in deiner Unterwelt und kriegst von allem hier nichts wirklich mit. Und wenn wir Personal abbauen, dann kriegst du das ja alles."

Luzifer grinste und sagte: „Na klar, alles was ihr nicht mehr gebrauchen könnt, schickt Ihr zu mir runter. Und ich habe dann alle an der Backe, die da jammern. Arbeiten können die wenigsten von denen."

Der Weihnachtsmann wandte sich an Petrus. „Es ist diesmal tatsächlich richtig, dass ich einen Fehler gemacht habe und die ganze Koordination nicht so funktioniert hat wie in vielen vielen Jahren zuvor. Aber ich kann mich nicht um alles kümmern.

Ich muss in der Abteilung von Nikolaus aushelfen, ich muss die Hasen koordinieren, ich muss hier und da und dort nach dem Rechten sehen, alles nach dem Motto: Wenn's brennt, kommt der gute Weihnachtsmann und bringt sicher alles wieder in Ordnung. So geht das nicht!"

Die Elche sahen aus, als würden sie dem Weihnachtsmann zustimmen. Und auch die Engelchen guckten; ein bisschen gefeixt hatten sie schon, als Luzifer gesagt hatte, der Weihnachtsmann sei zu dick. Aber er war immer gut drauf, und das war für seine Mitarbeiter das Wichtigste.

„Also im Moment habe ich schon den Eindruck, dass hier alles drunter und drüber läuft", meinte Petrus. „Bestandsaufnahme bitte."

Die Gestirne meinten übereinstimmend, dass alles bestens funktioniere. Sie gingen auf und unter, wenn es Zeit sei, und die Sterne zeigten sich von Zeit zu Zeit am Himmel. Mutter Natur sagte: „Ich habe viel zu tun, aber der Herrgott und ich haben gemeinsam immer schon eine Menge geschafft!" So ging das weiter.

Jede Abteilung behauptete, es würde doch eigentlich ganz prima laufen, bis der Kontinentalvertreter einwandte, wenn doch alles so prima laufen würde, dann hätten sie wohl nicht diesen Kontinent vergessen! Und auch Petrus meinte, er könne dem Ganzen nicht so recht folgen bei den vielen Beschwerden vor allem durch die Abteilungsleiter.

In diesem Moment ging die Tür auf und der Herrgott trat ein. Er wandte sich an die Belegschaft. „Vielen Dank dass ihr alle gekommen seid. Ich möchte euch bitten, zu schauen, wer wen unterstützen kann, wo Arbeiten anders koordiniert werden können, um sie schneller und besser zu erledigen? Wir kommen vor lauter Diskussionen nicht mehr dazu, sie richtig auszuführen."

„Oh weia", brummte der Erzengel Gabriel. „Hoffentlich kriegen die Menschen nicht mit, was bei uns hier oben los ist. Wie machen die denn das eigentlich?"

„Auch nicht besser als wir! Da redet keiner mehr mit dem anderen, da wird nur übereinander gemeckert und aufeinander geschimpft. Und Schuld hat sowieso immer der andere!

Und du, Gabriel, tust doch sonst immer so, als wüsstest du alles besser! Ständig kommst du mir damit, dass ich so viele Kunden habe!" Luzifer brauste auf.

Der Herrgott lächelte besänftigend und meinte: „Nun wir können auch nicht alle in den Himmel lassen. Einige brauchen noch eine Zeit lang, bevor wir Ihnen Eintritt gewähren können. Die Zeit des Wartens nutzen sie in der Abteilung Luzifers."

Der Nikolaus dachte auch, dass der Herrgott Recht habe. „Wo sollen wir denn mit den ganzen Seelen hin, die noch nicht reif für den Himmel sind?" Er hatte aber noch nie so richtig verstanden, warum der liebe Gott die Hölle tolerierte.

In der Arbeitsgruppe der Abteilungsleiter war es wieder Luzifer, der sich beklagte. „Ich bekomme aus ganz bestimmten Regionen auf der Erde überhaupt keinen Nachschub mehr."

Als Petrus ihn fragte, welche Region er denn genau meinte, antwortete er: „Da unten in Deutschland, da sind Landstriche, da kommt so gut wie nichts mehr runter."

Petrus erkundigte sich: „Stirbt denn da niemand mehr?" „Doch, aber die klagen schon während der Lebenszeit tagein und tagaus. Und dann ist eben kein Klagen mehr für die Hölle übrig. Deswegen kommen sie alle direkt in den Himmel."

Petrus kratzte sich kurz am Kopf und dachte nach. Mochte es tatsächlich sein, dass diese Menschen auf der Erde deshalb klagten, um direkt in den Himmel aufgenommen zu werden?

„Was geschieht dort, dass sie klagen? Was fehlt ihnen?"

„Es fehlt ihnen immer irgendetwas und die Reaktionen… ich gebe euch ein Beispiel, eine merkwürdige Geschichte, das finden die witzig!

‚Da treffen sich ein Hamburger, ein Bayer und ein Schwab'. Allen dreien fällt eine Fliege in das Bier. Der Hamburger bestellt ein neues. Der Bayer schnippt die Fliege aus dem Bier und trinkt. Der Schwab' nimmt die Fliege, schüttelt sie, setzt sie vorsichtig auf den Glasrand und sagt zu ihr: „Spuck aus, aber alles!"'

So komisch sind die Menschen dort!"

Luzifer lag vor Lachen am Boden. Petrus blickte ihn streng an und meinte lächelnd: „So können wir nicht miteinander arbeiten". „Aber, Petrus, ein bisschen Spaß muss sein!"

Petrus entschied: „Ich werde mit einem Vertreter der Menschen aus diesem Landstrich sprechen."

Die Erde

Gesagt getan. So wurde ein Vertreter Deutschlands vor Petrus vorgeladen.

Er erklärte Petrus, was alles nicht in Ordnung sei. Er hörte überhaupt nicht mehr auf und Petrus' Zeit für ihn war mehr als aufgebraucht. Die Tür ging auf und der Herrgott betrat den Besprechungsraum. Er sagte zu Petrus: „Du, Petrus, lass mich einmal einen Moment mit meinem Mensch allein."

Petrus nickte und ging, um die Ergebnisse aus den Arbeitssitzungen zusammenzutragen und alles zu koordinieren. Es klappte auch ganz wunderbar. Er war hochzufrieden. Alle waren mit Begeisterung bei der Sache.

Nun, da saß der Mensch. Er saß seinem Schöpfer gegenüber und wagte kaum aufzublicken. Der Herrgott jedoch war freundlich und sprach ihn an: „Sage mir, was ist in Ordnung?"

Erstaunt blickte der Mensch auf. „Was in Ordnung ist?"

„Ja", sprach der Herrgott. „Sage mir, was in Ordnung ist. Wie lange brauchst du, um mir alles zu sagen, was in Ordnung ist?" „Oh", sagte der Mensch, „dafür würde ich sicher eine halbe Ewigkeit brauchen!"

„Gut", bedeutete der Herrgott. „Und wie lange brauchst du, um mir zu sagen, was nicht in Ordnung ist?" „Vielleicht zwei oder drei Tage", sprach der Mensch.

„Wie viel ist das in deinen Augen, Mensch, für die komplette Weltenzeit?"

Der Mensch antwortete: „Es gibt ein Sprichwort auf Erden: ‚Ein Wimpernschlag im Auge Gottes'". Und er neigte den Kopf.

„Wie geht es dir jetzt?", fragte der Herrgott.

„Ich fühle mich wie ein winziges Sandkorn in der großen Uhr der Ewigkeit. Ich fühle mich ganz klein und auch ein wenig verloren."

„Du glaubst, dass du zu klein bist, um alles, was du tun möchtest, zu tun und zu schaffen? „Ja", sagte der Mensch, „das ist es. Ich bin zu klein, und habe zu wenig Kraft, und ich habe so wenig Mut."

„Und was hast du alles?", sprach der Herrgott. Wieder schwieg der Mensch sehr lange und sagte: „Es gibt vieles, was ich habe, aber ich kann nicht mehr erkennen, was das Wichtigste von allem ist."

„Nun", sprach der liebe Gott, „ich will es dir erklären! Du sagst mir, welche Dinge nicht in Ordnung sind. Du sagst mir, welche Dinge in Ordnung sind. Aber du sagst nicht, was das Leben zum Leben macht.

Lebe, Mensch! Das Sandkorn, das Mutter Natur mit all ihrer Liebe geformt hat, ein Sandkorn allein aus dem Blickwinkel einer Ameise ist riesengroß, ein Sandkorn unter dem Mikroskop hat wunderschöne Formen. Aber ein Sandkorn allein? Was macht es?

Nur viele Sandkörner zusammen bilden den Sandkasten, in dem die Kinder so freudig spielen. Nur viele Sandkörner gemeinsam bilden einen Stein, aus dem du dein Haus baust. Nur viele viele Sandkörner bilden die Wüste, die die Oasen so schön erscheinen lassen. Schau hin, Mensch, und suche deine Oasen. Ich habe dir alles gegeben, was du brauchst. Liebe. Liebe dich, liebe die Dinge, die du tust, liebe die Menschen, mit denen du zusammen bist. Geh hin und betrachte die Dinge."

Und der Mensch stand auf, bedankte sich bei seinem Herrgott und ging. In den nächsten Tagen schwieg er lange und sprach nicht. Er schaute bei sich, was er alles bei sich mochte und er fand viel. Er sah die Umgebung und sah, was er alles hatte und das Wichtigste waren ihm die Gefühle, die Gemeinschaft und die Liebe. Und er ging die Dinge wieder an mit Liebe.

Er sprach mit seinen Kollegen und dadurch, dass er sprach mit ihnen war die Sprachlosigkeit behoben und siehe, die Arbeit ging viel leichter.

Und es wurde kaum Arbeit doppelt erledigt, weil es nicht mehr vorkommen konnte, dass der eine oder andere nicht wissen konnte.

Sie betrachteten sich mit Respekt und Achtung. Und sie mochten nicht mehr klagen, sie konnten nicht mehr klagen, denn sie sahen die Dinge nicht, die nicht in Ordnung waren, der Himmel hatte ihnen die dunkle Brille weggenommen. Bei Licht betrachtet sind die Dinge niemals so dunkel, wie sie scheinen wollen.

Auch im Himmel ging wieder alles seinen gewohnten Gang. Es war, wie es immer war. Der liebe Gott hatte den Raum betreten und alles war gut.

Such nach dem Sternenleuchten in den Augen.

Schau nach dem Lächeln in dir,

du wirst manches, was du siehst, kaum glauben,

und doch trägst du die Weltenliebe in dir.

Verlier dein Sternenleuchten nicht.

Fragen

Kann in einem Team ein Ausgleich gefunden werden, in der Menge der Arbeit und der Qualität? Wie können individuelle Stärken genutzt und Schwächen gemindert werden?

_____

_____

_____

Wie kommt es, dass wir uns heutzutage so oft mit Defiziten anstelle mit Ressourcen beschäftigen? Wieso fühlt sich emotional, das, was man noch nicht erledigt hat, viel schwerer an, als das, was erledigt ist?

_____

_____

_____

Haben wir eine Jammerkultur? Wozu dient sie?

_____

_____

_____

Picknick im Sandkasten

Eine kurze Inhaltsangabe:

Die Elemente streiten darüber, wer Vorrechte hat und wichtiger ist.

Mögliche Ziele der Geschichte, Ideen für den Einsatz in Alltag, Arbeit und Pädagogik:

- ☐ Konkurrenz
- ☐ Erworbene Rechte und Rangfolgen
- ☐ Ziele
- ☐ Gemeinsame Projekte
- ☐ Bewertungen

Ich habe keine Ahnung, ob ihr jemals davon gehört habt. Manchmal erzählt jemand von der Kraft der Elemente. Ich möchte euch von einem denkwürdigen Tag erzählen, an welchem die Elemente ihre Kräfte aneinander erprobten und eine Weisheit fanden.

An diesem Tag vor langer Zeit trafen sich die Elemente Sonne, Regen, Erde und Wind zum Picknick. Das taten sie alle paar Jahrhunderte einmal, warum, wussten sie nicht mehr, das hatten sie von Anbeginn der Zeit an schon getan. Heute war irgendetwas anders. Der Wind kam zu spät und als er so um die Ecke pfiff, bemerkte der Regen scharf, dass man von einem Windei wohl nichts anderes erwarten könne.

Woraufhin der Wind das nicht auf sich sitzen lassen wollte und zurückschoss, was denn das Wasser ohne Wind wäre? Wellen, Sturm, nichts gäbe es ohne ihn, den Wind!

Die Sonne wollte nicht hintenanstehen und knurrte, dass ja sie die Beste sei, weil sie nach dem Regen auf der schönen Erde wieder alles trocknen würde. Jetzt fühlte sich die Erde abgewertet und fragte spitz, worauf die Sonne denn scheinen wolle, wenn nicht auf sie, die Erde.

Es entspann sich ein Streit, wie ihn die Menschheit noch nie gesehen hatte, aber er führte zu nichts, weil die Elemente ja niemanden hatten, den sie fragen konnten, wer denn jetzt, der oder die Beste sei.

Wie sie da hockten, kam ihnen der Gedanke, dass sie einen Schiedsrichter bräuchten und sie beschlossen, ein kleines Kind zu befragen, weil dieses noch nicht gewohnt sei, zu lügen und unehrliche Rückmeldungen zu geben. Darauf könne man sich wohl eher verlassen.

Einen Engel mochten die vier nicht herbeirufen, diese waren zu schwer beschäftigt.

So kam es, dass die vier hinabstiegen und ein Kind suchten. Sie fanden Sonja, die im Sandkasten spielte und mit ihren Spielsachen eine Sandburg baute. Sonja schaute mit großen Augen, als die Sonne ihr freundlich erklärte, worum es ging und nickte schließlich. Sie setzte sich außerhalb des Sandkastens auf die Bank, wo normalerweise die Mamas und Papas saßen und machte sich bereit.

Als Raum wurde der kleine Sandkasten auserkoren, das musste genügen zur Veranschaulichung.

Zuerst begann der Regen. Er legte sich ins Zeug und ließ das Wasser aus über dem Sandkasten tiefhängenden Wolken nur so herausströmen, bis, naja der Sandkasten kein Sandkasten mehr war, sondern eher ein Swimmingpool. Sonja schüttelte den Kopf.

Die Sonne war die Nächste in der Reihe und trocknete im Nu den feuchten Sand. Es wurde heißer und heißer, bis die Sandkristalle miteinander verschmolzen und der Sandkasten wie eine Fläche aus dunklem Glas wirkte. Auch das imponierte Sonja nicht wirklich und sie schüttelte wieder stumm den Kopf.

Die Erde begann mit Rütteln und Schütteln und Beben. Alles wackelte und dumpfe Töne kamen von tief unten, grollend und rollend. Die Fläche brach auf, die Steinchen zerbrachen und zerbröselten, bis wieder reiner feiner Sand übrig war.

Da das Ergebnis nicht anders war als am Anfang schüttelte Sonja wieder den Kopf, nachdem sie ein wenig ängstlich dem Toben zugesehen hatte.

Der Wind hob erst sanft an und vollführte einige Kunststückchen und ließ winzige Windhosen entstehen, die den Sand sanft verwirbelten. Er gewahrte schadenfroh, dass Sonja interessiert zusah und verschätzte sich dann in seiner Kraft. Der Sand flog sämtlich aus dem Kasten und dieser war traurig und leer und Sonja schüttelte den Kopf.

Ratlos standen die vier um den leeren Sandkasten und beratschlagten miteinander. Sie waren nicht zufrieden mit dem Ergebnis. Alle waren wütend. Die Erde tobte, der Wind blies, der Regen fiel und die Sonne schien, wie sie nur konnte. Der Wind blies seiner Schwester, dem Regen, die Wolken zur Seite, die Sonne fiel von der anderen Seite her ein und – ein winziger gerade groß genug gebogener Regenbogen spannte sich von einer Seite des Sandkastens zum anderen, wo die Erde die Enden sorgsam festhielt.

Im Zusammenspiel miteinander hatten sie etwas hervorgebracht, das den Begriff Schönheit verdiente. Die Farben sowie der vollendete Bogen kündeten von höchster Kunst.

Verblüfft sahen sich die Elemente an, die Sonne errötete leicht und tauchte den Bogen in ein stärkeres Rot bis der Wind verlegen sanft um alles herum blies und der Bogen kühler wurde und ein schönes Blau einnahm.

Der Regen plätscherte leise und perlte über den Regenbogen hinab, so dass es aussah, als würden Tausende von Diamanten herabrieseln. Die Erde hielt nach wie vor die Enden fest, damit das luftige Etwas sich nicht verflüchtigte.

Und Sonja klatschte in die Hände…

Einige der Perlen fing die Erde auf und wandelte sie in kleine wunderschöne Steine. Diese schenkten sie Sonja als Dankeschön und jeder nahm einen mit als Erinnerung an dieses Picknick, das ihnen gezeigt hatte, dass gemeinsam oft etwas viel Besseres entsteht, als wenn jeder allein für sich kämpft.

Fragen

Ist der Mensch immer im Wettbewerb und in der Konkurrenz? Werden wir damit besser?

_____

_____

_____

Kann Bewertung und Beurteilung neutral erfolgen?

_____

_____

_____

Gibt es Rangfolgen, die gegeben sind und Rangfolgen, die der Mensch sich erarbeitet? Wodurch wird dies beeinflusst?

_____

_____

_____

Ferkel Ringellos

Eine kurze Inhaltsangabe:

Das Ferkel Ringellos hat leider ein Manko. Wie er damit umgeht, lesen sie hier.

Mögliche Ziele der Geschichte, Ideen für den Einsatz in Alltag, Arbeit und Pädagogik:

☐ Eigene Möglichkeiten und Fähigkeiten sind nicht immer auch die der Anderen, Wahrnehmung
☐ Ratschläge und Sichtweisen
☐ Anders sein
☐ Makel, Tabus

Im Mai dieses Jahres wurde bei Familie Großwutz Nachwuchs angekündigt. Frau Lotte Großwutz bekam Sechslinge! Liebevoll betrachtete sie ihre quietschrosa Nachkommenschaft und die ganze Familie stand bewundernd um die Ferkel herum.

„Ach, wie süß!"
„Schau, doch mal, so ein rosa Hinterteil!"
„Ach, das nette kleine Ringelschwänzchen!"
Vor allem die ältere Nachbarin war ziemlich aufdringlich und grunzte ständig mit ihrer Schnauze zwischen den Ferkeln herum, die gerade bei ihrer Mama suchten, um endlich etwas zu saugen zu bekommen. Gierig hingen sie alle an den Zitzen und ihre Ringelschwänzchen zitterten aufgeregt.
„Sind sie nicht niedlich? Alles Jungs!". Alle redeten durcheinander. Das ist selten, alles Jungs. Bei den Nachbarn Familie Rosawutz kamen vor drei Jahren mal sieben Mädchen auf einen Schlag an.

Langsam verstummten alle und betrachteten die Kleinen. Irgendetwas war komisch. Eins nach dem anderen wurde begutachtet und für gut und gesund befunden. Alle Ringelschwänzchen waren perfekt geringelt. Bis auf…

„Was ist das denn?" Tante Rosalinde hielt gerade das fünfte Ferkel hoch, das laut quietschte. Und dann sahen es alle. Es hatte kein Ringelschwänzchen! Was, kein Schwänzchen? Doch, nur eben nicht geringelt. Es war glatt und hing herunter. Sah schon ein bisschen komisch aus.

Dieses Ferkel erhielt den Namen Ringellos, war putzmunter und frech wie Oskar. Es vergingen einige Wochen, bis unser Ferkel groß genug war, dass es raus durfte. Die Geschwister flitzten unter den wachsamen Augen der Mama quer durch den Garten und guckten sich alles an. Sie lernten die Nachbarkinder kennen und hatten viel Spaß miteinander.

Ferkel Ringellos schnuffelte so am Zaun entlang, als er an einigen größeren Ferkeln vorüberkam. Er hörte, wie sie lachten und mit den Hufen auf ihn deuteten. „Schaut euch den mal an. Der hat ein Schwänzchen wie ein Würstchen! Meine Güte, das ist bestimmt kein echtes Schwein! Der kriegt nie ein Mädchen! Wer schaut denn schon so einen Loser an?"

Das war mächtig gemein. Ferkel Ringellos hörte diese Sprüche noch häufiger in den nächsten Wochen und irgendwann glaubte er auch den tröstenden Worten seiner Mama nicht mehr so recht, dass ein aufrechter Nachkomme nicht von der Zahl der Ringel bestimmt wird, sondern von dem, was er im Herz und im Kopf hat.

Er war jetzt schon mittelgroß und beschloss etwas gegen diesen Zustand seines Schwänzchens zu unternehmen. Zuerst erkundigte er sich bei seinem besten Freund Hubertus, der ein vorbildliches Ringelschwänzchen hatte. Hubertus plusterte sich auf. „Also, jeden Abend suhle ich noch einmal richtig im Matsch und achte darauf, dass das Schwänzchen ordentlich mit Pampe bedeckt ist. Weil, wenn die fest wird, kannst du dir keine bessere Stütze vorstellen. Das hält die ganze Nacht. Und am nächsten Morgen hast du perfekte Kurven und die Haut ist ganz zart."

Ferkel Ringellos dachte bei sich: „Eigentlich redet er wie ein Mädchen. Aber egal, er hat ein tolles Schwänzchen!"

Gesagt, getan. Die beiden stürmten in den Matsch und besudelten sich nach Herzenslust. Dann ging's an den Schwanz. Hubertus bog und krümmte und klatschte immer mehr Matsch drauf, bis Ferkel Ringellos auf seinem Hinterteil einen riesigen Matschberg hatte. So verkroch er sich im Stall und rührte sich die ganze Nacht nicht vom Fleck. Am nächsten Morgen ging er stolz in die Sonne und erwartete ein perfektes Schwänzchen! Aber außer trockenem Matsch war dahinten nichts zu erkennen. Also runter damit. Ferkel Ringellos schruppte sein Hinterteil im nahegelegenen Bach, bis es so sauber glänzte wie noch nie. Sein Schwänzchen war auch supersauber und so glatt wie bisher!

OK. Das war der erste Versuch. Vielleicht konnte ihm ein anderer weiterhelfen. Wenn kein Ferkel, dann halt der alte Hofhund. Der hatte doch bestimmt schon so viele Problemfälle gesehen, dass er einen Rat geben konnte. Ferkel Ringellos sauste um die Scheunen, bis er den alten betagten Hofhund Bellio gefunden hatte. Bellios Vater stammte aus Italien, deshalb klang sein Name auch ein bisschen so.

Ferkel Ringellos erklärte ihm groß und breit das Problem. Bellio befand, dass das einzig und allein an der inneren Stärke des Schwänzchens liegen müsse. „Also, Ferkel Ringellos", erklärte er ruhig und würdevoll. „Du musst es so machen. Zuerst musst du üben. Ohne Fleiß kein Preis. Schwänzchen hoch und links und rechts. zehnmal. Dann langsam im Kreis herum, auch zehnmal. Das machst du dreimal am Tag und in einer Woche kommst du wieder."

Ferkel Ringellos war glücklich. Schwänzchen links, Schwänzchen rechts und im Kreis herum. Nach einer Woche rannte er erneut zu Bellio und zeigte das Ergebnis. Er hatte schon richtige kleine Muskeln und konnte das Schwänzchen nach links biegen und nach rechts. Und er konnte es wie einen Propeller drehen. Hui, ging das am Hinterteil im Kreis herum. Perfekt im Kreis, aber eben nicht geringelt!

Das nächste Opfer von Ferkel Ringellos war die Hauskatze Sisa. Auch ihr erklärte er seine Lage und lernte in den folgenden zwei Wochen das Schwänzchen stramm in die Höhe zu halten und alle Haare links und rechts steif wegstehen zu lassen. So stolzierte Ferkel Ringellos durch den Schweinestall: Das Schwänzchen steif in die Höhe und die zehn Borsten, die er dran hatte, standen ab. Das sah so zum Schreien aus, dass die anderen Ferkel vor lauter Staunen überhaupt nichts mehr sagen konnten.

Ferkel Ringellos dachte natürlich, dass sie ihn bewunderten. Obwohl, ganz innen wusste er schon, dass das nicht so ganz richtig war.

Nach einem Monat überschlug er einmal seine Erfahrungen: Er konnte steif in die Höhe, super links und rechts und perfekt propellern. Sogar Borsten abstehen lassen konnte er! Das konnte keiner außer ihm. Er übte immer weiter, heimlich hinterm Zaun und an diesem Sommertag hörte er plötzlich auf.

Da kicherte was! Oh je, da hatte ihn jemand entdeckt! Wieder Kichern und aus dem Busch guckte eine supersüße Schweineschnauze. Es war das Ferkelmädchen Rosalinda. Sie lachte nicht, sie fand das toll und guckte Ferkel Ringellos jeden Tag bei seinen Übungen zu.

Ein Jahr später war sie immer noch seine Freundin und kurze Zeit später gründeten die beiden eine Familie. Familie Manchmal-Ringellos, weil Ferkel Ringellos kein Ringelschwänzchen hatte und Rosalinda ein dreifach geringeltes, auch ohne Matsch.

Die ersten Kinder, die die beiden bekamen, hatten alle Ringelschwänzchen und bei den nächsten waren einige dabei, die hatten keins. Egal, alle waren glücklich, denn es gab in keinem Stall mehr Gelächter und abendliches Vergnügen, als wenn Papa Ringellos anfing, mit dem Schwänzchen zu propellern. Das wurde im Laufe der Zeit das Markenzeichen der Familie und die Ringellos-Ferkel waren sogar stolz auf ihre Ringellos-Schwänzchen.

Fragen

Was ist „normal"? Wer bestimmt das und wodurch wird
es beeinflusst?

_____

_____

_____

Gibt es Bereiche, Familien, Teams, Hierarchieebenen,
wo „Anderes-sein" normal ist? Wozu wird Anders-sein
eingesetzt?

_____

_____

_____

Wie geschieht Ausgrenzung? Woran kann das fest gemacht werden?

_____

_____

_____

Der Tag, als die Sonne streikte

Eine kurze Inhaltsangabe:

Auch die Sonne muss einmal Urlaub machen. Aber wie soll das gehen, wenn man immer gebraucht wird?

Mögliche Ziele der Geschichte, Ideen für den Einsatz in Alltag, Arbeit und Pädagogik:

- ☐ Gebraucht werden
- ☐ Eigene Rollen finden
- ☐ Folgen von Überforderung
- ☐ Umgang mit Konflikten
- ☐ Kommunikation

Wo ist heute die Sonne?", fragten sich die Bewohner der kleinen Insel.

„Vielleicht hat sie Urlaub?", mutmaßte einer. „Nein, nein", widersprachen die anderen, „sie hatte in diesem Jahr schon ein paar Tage". Und da die Sonne nie wegfährt, sondern immer zu Hause bleibt, bleibt es nicht aus, dass ihre Strahlen trotzdem über den Balkon kommen.

Heute jedoch war es anders. Es war grau, grau mit einer schweren Ungemütlichkeit, die die Angst hochsteigen lässt. Ein Grau, das die Fantasie anregt, mehr zu sehen als ist. Es wurde einfach nicht hell.

Die Bewohner der kleinen Insel waren und hatten etwas Besonderes. Sie konnten mehr wahrnehmen als andere Menschen auf den anderen großen Inseln. Sie konnten mit den Sternen sprechen und ihnen zuhören. Aber heute erreichten sie niemanden.

Der Mond war auch nicht da. Die Sterne waren fort und reagierten auf keinen Ruf. Und die Sonne? Sie war und blieb verschwunden. Und das nicht nur an diesem Tag, sondern auch an den nächsten Tagen.

Als eine Woche vorüber waren und die Gespräche und Gesänge niemanden mehr aufheiterten, als die Pflanzen morgens ihre Blütenkelche nicht mehr öffneten, weil keine Sonne da war, der sie sich entgegenstrecken wollten und die Tiere so leise auftraten, dass niemand sie mehr hörte. Jedes Geräusch schien verschwunden und das Kinderlachen verstummte.

Die Sprecher der kleinen Insel versammelten sich an der Stelle, wo sie den Regenbogen anriefen, der ihnen als Treppe in den Versammlungsraum diente. Aber er erschien nicht, wie denn auch, keine Sonne da und auch kein Regen. So warteten sie. Sie hatten die Erfahrung gemacht, dass sich Aussitzen manchmal lohnt.

Zur gleichen Zeit im Versammlungsraum. Die Sonne hockte schmollend in der Ecke, auf der anderen Tischseite der Mond und die Sterne unterschiedlicher Größe und Ausstattung. Einige waren bunt und laut, andere gasförmig und undurchsichtig, wieder andere standen kalt und stumm an der Kaffeemaschine. Was war denn hier los?

Einige Engel betraten den Raum und es trat nach und nach Ruhe ein. Schließlich saß jeder an seinem Platz. Einer der Engel übernahm das Wort, indem er sich erhob und am Flipchart das Thema in Goldschrift erscheinen ließ: ‚Sicherstellung aller wichtigen Positionen zur Tages- und Nachtzeit.‘

„Wie Ihr wisst, haben wir diese außerordentliche Versammlung einberufen, um zu klären, wie wir wieder sicherstellen können, dass alle Arbeitsplätze besetzt sind. Wir Engel als Botschafter des Herrn werden versuchen, zwischen Ihnen zu vermitteln und eine gemeinsame Lösung zu finden. Sind damit alle einverstanden?"

Nun widerspricht man einem Engel nicht unbedingt, jedenfalls nicht zu normalen Zeiten, aber normal war diese Zeit nicht. Daher knurrte die Sonne vor sich hin:

„Das hat doch sowieso keinen Sinn. Mit denen kann man nicht reden". Dabei nickte sie mit dem Kopf in Richtung einer Gruppe von Sternchen, die glitzernd und funkelnd zusammen saßen. Sofort erscholl klingender Protest, in welchen sich weitere Stimmen einmischten, die versuchten, zu beschwichtigen.

Der Mond räusperte sich und sagte zur Sonne: „Nun komm schon altes Haus, wir haben doch schon manche Zeiten miteinander durchgestanden."

Die Sonne schaute ihn nur schräg an und schwieg. Sollten sie doch bestimmen, sie würde das nicht mehr mitmachen. Worin ihr „Das" genau bestand, wusste sie selbst nicht, aber so sollte es nicht mehr weitergehen. Sie würden schon sehen, was sie davon hätten!

Es wurde lange geredet an diesem Tag und viele gute und schlechte Ideen gesammelt, von Vertretungsregelungen bis hin zum Ersatz der Sonne. Es war produktiv und schrecklich.

Die Versammlung wurde schließlich vertagt.

Mond und Sonne schritten gemeinsam aus der Himmelsecke, die solchen Treffen diente, und blieben irgendwann stehen. Der Mond versuchte es noch einmal.

„Hör mal, meine Schöne, ich weiß, dass du ein Hitzköpfchen bist und das ist auch das, was wir alle so an dir schätzen, aber in diesem Fall hast du deine Ausbrüche ein wenig weit getrieben.

Schau mal, den kleinen Sternchen hast du ordentlich Feuer unterm Hintern gemacht. Das muss sicherlich ab und zu sein, aber war es nötig, dass du der Kleinen vom Anfangsbüro ihr hübsches Kleidchen durchlöcherst?"

Ein kleines Lächeln huschte über das Gesicht der Sonne. Im Grunde ihres Herzens war sie schon die Mama der Nation, aber wenn man sie zu sehr reizte, dann konnte sie schon mal hochgehen. Doch noch niemals, nicht ein einziges Mal hatte sie ihren Posten verlassen.

„Ja, du mein lieber Nachtarbeiter, wir haben wirklich schon so manches miteinander durchgestanden und manche Zwischenschicht auch. Das waren schöne Zeiten...."

Der Mond lächelte versonnen. Er dachte an die Zeiten, als er sich sogar vor seine heißblütige Freundin stellen musste, damit sie ein wenig geschützt war vor den Sternen, allen voran die Erde, die oft ungeduldig war. Dieser Planet hatte letztlich mit seinen vielen Bewohnern am meisten davon, dass die Sonne genau das tat, was sie tat.

Einer der Engel schritt durch das Tor und blieb einen Moment stehen, um abzuwarten, ob die beiden ihn in ihr Gespräch einlassen würden. Die Sonne machte ehrerbietig einen Schritt zur Seite. Der Engel trat herzu und sagte: „Ich habe einen Vorschlag, liebe Kollegin." Die Sonne wurde rot vor Freude über das Kompliment. Ein Engel nennt einen nicht jeden Tag eine Kollegin.

„Ihr kennt die kleine Insel auf der Erde, wo die besonderen Exemplare leben. Ihr werdet dort erwartet an der Regenbogentreppe. Warum stattet ihr ihnen nicht einen Besuch ab? Das ist schon lange her."

Das stimmte. Urlaub? Ja, sie würde auf die Insel gehen und ein wenig Urlaub machen.

So warteten die Menschen an der Regenbogentreppe nicht umsonst. Es dauerte noch einen Moment, weil ja erst der Wolkenmann und die Gewitterbraut informiert werden mussten, die einen schönen Landregen mitbrachten zum Treffpunkt. Pünktlich zum anberaumten Termin erschien die Sonne und stieg majestätisch die Treppe hinab. Ihr langes Haar wehte hinter ihr und sie strahlte. Endlich ein paar Tage Erholung.

Die ganze Insel leuchtete. Die Blumen gingen auf, die Tiere standen beisammen, die Menschen hockten draußen. Alles lachte und die Sonne ging spazieren, schlief, ging spazieren, schlief, redete, alles an einem Tag. Zeit ist relativ, besonders auf der Insel.

Die Sonne besuchte Ihren Vetter, das Meer und saß gemeinsam mit der Cousine, dem Erdboden, am Strand, als eine der Weisen vorüberkam und sich zu ihr setzte. Das Wesen sagte nichts und saß einfach nur da. Dann nahm sie die Hand der Sonne und schwieg weiter. Niemals zuvor hatte die Sonne so viel Nähe gespürt und sie begann leise zu erzählen. Sie sprach von ihrem Kummer mit den Neuen, vor allem den Sternchen, die doch noch gar nicht so viel Ahnung hätten und niemals die Leuchtkraft einer Sonne erreichen würden.

Sie erzählte von der Ignoranz der Planeten, die ihre Bahnen zögen und wenn sie vorüber kämen, manchmal nicht mal grüßten. Sie berichtete mit tränenerstickter Stimme von den Versammlungen, an denen sie nicht teilnehmen könne, weil diese immer tagsüber stattfänden und sie habe dann doch Dienst. Es dauerte lange, bis sie alles erzählt hatte.

Dann blickte sie das winzige Wesen neben sich an, das immer noch einen freundlichen Gesichtsausdruck hatte und nickte.

„Was würdest du tun? Was soll ich machen?"

Das Wesen antwortete: „Wie es dir geht, weißt du. Hast du mal gefragt? Hast du den anderen gesagt, wie es dir geht?"

Verblüfft blickte die Sonne hinunter in das Gesichtchen. „Ist es so einfach?", fragte sie zögernd.

„Ja, das ist es."

Aber das wusste die Sonne längst und der nächste Tag begann strahlender denn je zuvor.

So war es an diesem Tag vor langer Zeit.

Fragen

Welche eigenen Bedürfnisse haben Sie? Wissen andere davon?

_____

_____

_____

In welcher Art und Weise werden Klärungen herbeigeführt? Zu welchem Zeitpunkt? Warum dann und nicht früher oder später?

_____

_____

_____

Wodurch bestimmt sich der eigene Wert? Ist eine Person immer ersetzbar? Was tun, wenn Stress krank macht?

_____

_____

_____

Die Wetteruhr

Eine kurze Inhaltsangabe:

Dass gemeinsames Arbeiten und derselbe Beruf nicht immer zur Gemeinsamkeit führt, erfahren die Wetterfrau und der Wettermann. Bis sie ihre Schwierigkeiten am Ende doch lösen und alles sein Gutes hat, dauert es eine Weile.

Mögliche Ziele der Geschichte, Ideen für den Einsatz in Alltag, Arbeit und Pädagogik:

- ☐ Aufgabenteilung
- ☐ Zielerreichung
- ☐ Kommunikation
- ☐ Umgang mit starken Gefühlen
- ☐ Bedürfnisse und Interessen
- ☐ Umgang mit Misserfolgen

Diese Geschichte spielt im Norden unseres Landes, dort, wo alles flach ist, so dass das Auge am Morgen bis zum Horizont schaut und am Abend immer noch.

Dort ist ein kleines Dorf, in welchem eigentlich nichts Besonderes ist, bis auf die Uhr. Auf dem einzigen Hügel in der ganzen Umgebung stand eine Uhr, die von einem berühmten Künstler erbaut worden war. Diese Uhr konnte nicht nur die Uhrzeit anzeigen, sondern zeigte auch je nach Wetter einen Jungen oder ein Mädchen, das dann aus einem Häuschen heraustrat. Von weither strömten viele Menschen, um sich diese Uhr anzuschauen, denn die Zeiger, die Uhr selbst, und die Verzierungen waren äußerst kunstvoll und in allerliebster Feinheit gearbeitet.

In dem kleinen Dorf lebten auch allerlei junge Leute, darunter ein junger Mann namens Lucas und ein Mädchen namens Sara. Sie gingen einige Jahre zusammen zur Schule und waren sehr enge Freunde. Bereits, als sie noch keine 16 Jahre alt waren, hatten sie sich einander schon versprochen. So vergingen die Jahre. Lukas und Sara wurden 17, sie wurden 18, sie wurden 19 und es wurde Zeit, sich um eine Arbeit zu kümmern. Es war schwierig in diesem kleinen Dorf. Ausreichend Arbeit für alle gab es leider nicht. Und so wussten die jungen Leute nicht so recht, was sie nach der Schule anfangen sollten. Wie der Zufall so will, war eines Tages das junge Paar, das in der Wetterstation arbeitete, verschwunden.

Sie hatten sich ineinander verliebt und waren am nächsten Morgen auf und davon. Wer weiß wohin, vielleicht zum Ende des Regenbogens, von dem sie während ihrer Zeit als Wettermann und Wetterfrau schon so viel erzählt hatten.

Nun dachte sich Lucas, das sei doch eine gute Idee und bewarb sich als Wettermann bei der Wetterstation. Das war auch eine gute Idee, denn Lucas war ein kluger junger Mann und er erhielt die Stelle als Wettermann. Als er am Abend ganz stolz nach Hause kam und es Sara erzählte, lächelte sie und sagte: „Ich habe mich heute ebenfalls als Wetterfrau beworben und weißt du was? Ich kann dort auch anfangen! Ist das nicht wunderbar, jetzt arbeiten wir auch noch zusammen!"

Lucas gefiel die Arbeit. Je nach Wetter trat er hinaus, manchmal gekleidet in einen großen weiten Regenmantel und trug einen großen Regenschirm. Draußen im Freien erzählte er den ganzen Kindern und den Menschen, die die Uhr besuchten, Geschichten.

Lucas arbeitete auf der Regenwolkenseite und er erzählte Geschichten von Donner, der grollend über den Himmel tobte, immer wieder knurrte und sich schüttelte und sich auch bald wieder beruhigte. Er erzählte von dunklen Wolken, die einmal ganz klein und hell und freundlich als Wölkchen angefangen hatten und sich dann in drohende Wolkentürme verwandelten, die wild ihre Fäuste schüttelten und dann den Regen auf das Land hinab prasseln ließen.

Entweder leise und fein und dann wurden auch Lucas' Geschichten leise und fein oder plätschernd oder.... Hast du eine Idee, wie Regen sich noch anhören kann? Dann hast auch eine Ahnung davon, wie schön Lucas' Geschichten waren.

Sara arbeitete meistens auf der Sonnenseite. Sie trat immer hinaus, wenn die Sonne schien. Es gelang ihr, die Sonne herauszulocken, auch, wenn sie sich einmal hinter den Wolken versteckte. Und das war auch gut so, denn Sara war ein wirklich hübsches Mädchen, das man nicht einfach im Dunkeln verstecken sollte.

Sie erzählte den Kindern und den Menschen davon, wie die Sonne über die Regenwolken triumphiert.

Und sie erzählte auch oft Geschichten, wie die Sonne gegen die Regenwolken verlor. Von der wunderbaren warmen Sonne, bis die Menschen sie auf der Haut spürten, selbst wenn sie manchmal nur durch einen Schleier zu sehen war. Aber sie erzählte auch Geschichten von der heißen brennenden Sonne, die sich in der Mittagshitze kaum ertragen ließ.

Dann wob Sara einen kleinen feinen Wind, und die Menschen fühlten sich trotz der Hitze wieder wohl.

Sara und Lucas machten ihre Arbeit sehr sehr gerne. Es dauerte nicht lange, da bemerkten sie, dass sie einander nicht mehr sehen konnten. Wenn die Sonne schien, war Sara draußen und Lucas innen.

Lucas konnte sie im Sonnenschein sehen, er konnte ihr langes Haar sehen, das im Wind spielte und er sah ihr strahlendes Gesicht und er hätte sie am liebsten einmal gedrückt und geherzt. Aber er kam ja nicht an sie heran und er musste an seinem Platz stehen. Sara sah ihn, wie er im Schatten stand und ab und zu traurig um die Ecke schaute.

Sie konnte Lucas nur richtig sehen, wenn er draußen im stürmischen Wind oder im Regen stand. Sie sah, wie der Wind sein wildes Haar durchpfiff und bewunderte ihn, wie er da so tapfer und stark dem Wetter trotzte.

Lucas selbst konnte Sara dann nur durch einen Schleier erkennen, wie sie so im Dunkeln stand und um die Ecke lugte, um einen Blick auf ihn zu erhaschen und ihm einmal zuzuwinken. Eigentlich eine merkwürdige Geschichte, beide waren sich so nah, nur wenige Meter voneinander entfernt und doch konnten sie einander unmöglich erreichen. Nicht einmal des Nachts konnten sie einander in die Arme schließen, denn da mussten sie sich neue Geschichten ausdenken, damit die Menschen am Tage fröhlich wurden und auch ein wenig ausruhen und schlafen und sich zurecht machen, damit sie gut aussahen am nächsten Tag.

So ging es einige Monate und nur an wenigen, an ganz wenigen Tagen gab es einen Lichtblick, nämlich dann, wenn der Regen und die Sonne sich vereinigten. Du weißt, was dann passiert? Es entstand ein Regenbogen. Während der Regenbogen am Himmel stand, konnten beide ein klein wenig nach draußen treten.

Beide standen dann im Freien und konnten sich anschauen, aber sie standen viel zu weit entfernt, um sich berühren können. Und ein solcher Regenbogen taucht leider auch nicht jeden Tag auf, so dass diese wenigen Momente für beide zwar schön, aber viel zu selten waren.

Nun musst du allerdings noch eines wissen. Diese Uhr hatte etwas ganz Geheimnisvolles. Wenn es nämlich dem Wettermann und der Wetterfrau nicht gut ging, dann war das Wetter bei Regen und wolkenverhangen nicht einfach nur sanft und niedlich, sondern es wurde dunkel und roh und die Menschen bekamen Angst.
Der Sonnenschein war nicht hell und freundlich und brachte die Menschen zum Lachen, sondern er wurde heiß und sengend und die Menschen flüchteten. Lucas und Sara ging es nicht besonders gut. Daher war das Wetter einmal so und einmal so, aber es war eigentlich immer grauenhaft.

Das Wetter wurde nicht besser. Was sollten die beiden denn tun? Einfach weggehen konnten sie doch auch nicht. Was hätte das für das Wetter bedeutet? Es ging einige Tage so weiter und dann trat Lucas aus seinem Häuschen. Der Wind fegte um das Haus herum, dass es einem angst und bange werden konnte, griff mit Wut an und der Zorn von Lucas ergoss sich in Strömen über das Wetterhäuschen. Die Zwischenwand, die Sara und Lucas trennte, wurde mit Wucht herausgerissen. Erschrocken standen die beiden da und auch die Menschen betrachteten ihr verwüstetes Wetterhäuschen.

Doch dann taten die Menschen das, was Menschen eben tun sollten, wenn etwas geschehen ist. Sie krempelten die Ärmel hoch, reparierten das Wetterhäuschen, aber sie bauten die Zwischenwand nicht wieder auf. Sara und Lucas standen vor ihrem kaputten Häuschen, das ihnen keine Möglichkeit mehr bot, immer nur einen nach außen zu lassen und immer nur einen nach innen, denn auch das Pendel war hoffnungslos zerstört worden. Da entschieden sich die beiden, einfach zusammen zu arbeiten. Hand in Hand traten sie nach draußen.

Bei schönem Wetter saßen sie im Garten und erzählten den Kindern, die sich in Scharen um sie sammelten, wunderbare neue Geschichten. Bei schlechterem Wetter setzten sie sich einfach in das Wetterhäuschen und luden die Kinder zu sich ein. Dort konnte man sich wohl fühlen, bei leisen sanften klopfenden Regentropfen auf dem Dach und einer guten Tasse Tee lässt es sich schon gut leben.

Sara und Lucas waren glücklich, denn sie waren jetzt für immer zusammen und sie verrichteten ihre Dienste als Wettermann und Wetterfrau im Norden unseres Landes noch sehr lange. Wenn du dort einmal hinkommst, schau bei den beiden vorbei und sage ihnen Grüße von mir.

Fragen

Was tun Sie, wenn etwas arg schief gelaufen ist? Kommt was Besseres nach? Ist das Glas halb voll oder halb leer? Was ist Wahrheit?

_____

_____

_____

Wie gehen Sie mit starken Gefühlen um? Haben diese ein Recht zu sein oder gehört es sich nicht, starke Gefühle zu haben? Wie drücken Sie sich aus?

_____

_____

_____

Was kann getan werden, wenn sich herausstellt, dass das ursprüngliche Ziel nicht mehr erreicht wird bzw. die Planung und Absicht nicht mehr übereinstimmen?

_____

_____

_____

Der Träumer

Eine kurze Inhaltsangabe:

Wie aus Visionen und Träumen Realitäten werden.

Mögliche Ziele der Geschichte, Ideen für den Einsatz in Alltag, Arbeit und Pädagogik:

☐ Eigene Wege gehen
☐ Träume und Visionen
☐ Offenheit und Funktionieren
☐ Eigene Antriebe

Ich erinnere mich an den Nachbarsjungen als einen schlaksigen kleinen Kerl. Er war immer lieb und freundlich, ein wenig eigenbrötlerisch vielleicht, aber keiner von den Lauten. In der Klasse saß er meistens still und schrieb wunderbare Sachen. Wenn er sprach – und er sprach nicht viel – war es außergewöhnlich.

Nun, außergewöhnlich ist nicht normal. So zumindest dachten die Kinder. Und sie hänselten und foppten ihn, was ihn veranlasste, sich noch weiter zurückzuziehen. Ich sah ihn oft allein im Garten sitzen und in die Ferne schauen. Ich sah ihn, wie er einen Stein betrachtete und ich saß bei ihm, wenn er mir von seiner Welt erzählte. Ich fand es spannend.

Er war ein Träumer. Ein Junge, der die Gabe hatte, Dinge zu denken, kleine Dinge groß zu denken, nicht Machbares machbar zu machen, andere Welten zu erleben. Er schrieb diese Dinge schon früh auf und es war gut. Er sagte, dass die Welt Träumer braucht, um die Zukunft zu beschreiben. Wenn wir keine Zukunft sähen, könnten wir die Gegenwart nicht gestalten.

Ich dachte, dass er bestimmt ein Philosoph wird oder Träumer, mit 8 Jahren, was wusste ich über Berufe und Geld verdienen.

Ich sah ihn dann eine Weile nicht, wir gingen auf verschiedene Schulen, obwohl er weiterhin in meiner Straße wohnte. Sein Vater ging fort und kam nicht zurück und die Mutter musste mit den beiden Buben allein zurechtkommen.

Es war kein Platz mehr für Träume, Ideen und Ambitionen. Oder doch? In sich bewahrte der junge Mann eine große Welt voller Farben, Fantasien und Figuren. Er malte sie sich aus, er stellte es sich vor, er schuf neue Welten und komponierte einen Reigen aus flirrenden und vielfältigen Geschöpfen.

Hendriks Leben war bunt in ihm drin und grau im Außen. Er vergaß oft das Essen und saß am Fenster, seine Mutter brachte ihn zum Arzt, aber dieser sagte, er sei gesund, das Kind sei halt noch sehr verspielt.

Als er 16 war bummelte Hendrik von der Schule aus nach Hause und blieb an der langen grauen Mauer stehen. Dort waren Bilder aufgebracht und einige junge Leute sprayten mit außerordentlichem Geschick ein buntes Leben an die Wand.

Hendrik war fasziniert. Er kam jeden Tag hierher und sprach mit den Leuten und er versuchte sich im Sprayen. Das war das erste Mal, dass er seine inneren Bilder sah. Und er konnte sie teilen und er staunte über die Freude, die seine Bilder auslösten.

Leider konnte er sein Hobby nicht zum Beruf machen, seine Mutter sagte, er müsse einen anständigen Beruf lernen. Hendrik ging als Maler und Lackierer in die Lehre, er zerbrach fast daran. Aber er biss sich durch.

Als ich ihn wiedersah, er war längst ausgezogen, wie ich auch, war es in einer anderen großen Stadt.

Er hockte auf einer Wiese im Stadtpark und blickte über den kleinen See mit diesem Blick, der sich in einer anderen Welt verlor. Er erzählte mir, dass er gerade seinen Meister mache und bald heiraten werde. Ja, es sei alles gut so und richtig, aber seine Augen waren traurig. Er lächelte mich zum Abschied an.

Bei der Beerdigung meiner Großmutter, erblickte ich ihn erneut. Hendrik besuchte seine Mutter und beide waren auf der Trauerfeier. Ich ging zu ihm und fragte leise, wie es ihm ginge. Sehr erschrocken gewahrte ich, dass er fast weinte.

Er sei geschieden, seine Tochter lebe bei der Mutter, es ginge beiden gut. Er selbst habe einen guten Job an der Berufsschule. Dann könne er wenigstens ein bisschen weitergeben, dass Fantasie dazugehört, um Farben und Gestaltung Form zu verleihen. Ich dachte nur, ob das wohl geht, wenn man selbst nicht daran glaubt?

Hendrik, hast du das Träumen verlernt?

Fragen

Was unterscheidet Träume und Visionen von Zielen?

_____

_____

_____

Hat ein Mensch die Pflicht, seine Träume den realisti-
schen Zielen unterzuordnen? Was treibt Sie an?

_____

_____

_____

Wie fällt Ihre Bilanz der letzten 3, 10 und 20 Jahre aus?
Was ist es wert, es in der Erinnerung zu behalten?

_____

_____

_____

Gerne verweisen wir auf ein weiteres Buch aus der Reihe:

Von fröhlichen Kühen und anderen Freunden

Zwölf Geschichten und Metaphern
Für Kleinere oder noch nicht ganz Große

Gisela Krämer

Sie finden hier weitere philosophische und nachdenkliche und lustige Geschichten und Metaphern.

Ein kleiner Junge lernt, mit Ja-aber umzugehen, eine erstaunliche Familienversammlung kommt wegen merkwürdiger Postadressen zusammen und ein Umzug gelingt trotz Hindernissen und Defiziten mit Mut und Hilfe von Freunden....

www.storycenter.de

Demnächst von Gisela Krämer im Storycenter und überall im Buchhandel.

Diplomatische Kommunikation
Das Fachbuch aus 25 Jahren Praxis

Von Schwichteln und anderen Begegnungen
12 Metaphern und Geschichten
Für Kleine

Von Sternenkriegerinnen und anderen Träumen
12 weitere Metaphern und Geschichten
Für Große und nicht mehr ganz Kleine